Victor Schlegel

Hermann Grassmann

Sein Leben und seine Werke

Victor Schlegel

Hermann Grassmann
Sein Leben und seine Werke

ISBN/EAN: 9783743331846

Hergestellt in Europa, USA, Kanada, Australien, Japan

Cover: Foto ©Raphael Reischuk / pixelio.de

Victor Schlegel

Hermann Grassmann

HERMANN GRASSMANN.

SEIN LEBEN UND SEINE WERKE.

VON

VICTOR SCHLEGEL.

LEIPZIG:
F. A. BROCKHAUS.
1878.

VORWORT.

Die folgenden Blätter sollen keine allseitig erschöpfende Darstellung des Lebens und Wirkens von Hermann Grassmann geben, sondern dasselbe in seinen Hauptzügen verfolgen und alles dasjenige umfassen, was für die wissenschaftliche Welt von Interesse sein kann. Wenn die Schilderung seiner Thätigkeit im Gebiete des Sanskrit gegen die der mathematischen zurücktritt, obwol er sich durch die erstere mehr bekannt gemacht hat als durch die letztere, so wird dieser Umstand durch die Rolle, welche beide Richtungen der Thätigkeit in seinem Leben spielten, gerechtfertigt erscheinen. In der Darstellung der erstern, für deren Beurtheilung ich als Mathematiker incompetent bin, habe ich einer anerkannten Autorität, Herrn Professor Delbrück in Jena, das Wort gelassen. Im übrigen bin ich von der Familie Grassmann's durch Mittheilung seines mathematischen Briefwechsels, des Grassmann'schen Familienbuchs und zahlreicher werthvoller Notizen in dankenswerthester Weise bei meinem Unternehmen unterstützt worden.

Und so übergebe ich diese Arbeit der Oeffentlichkeit mit dem Wunsche, dass dieselbe dazu beitragen möge, das Andenken des Mannes, von dem sie berichtet, in den Kreisen derer, die ihn kannten, lebendig zu erhalten, und ein treues Bild von ihm auch in jene weitern Kreise zu tragen, die künftig ein Interesse an seinen Arbeiten nehmen werden.

Waren, im März 1878.

VICTOR SCHLEGEL.

Inhalt.

Vorwort V

I. **Grassmann als Theolog** .... 1—15
Einleitung. — Herkunft, Jugendzeit und theologisches Studium. — Einfluss Schleiermacher's. — Bedeutung seines Vaters Justus Grassmann als Mathematiker, Physiker und Pädagog. — Philologische und theologische Examina. — Erste Schulthätigkeit in Stettin. — An der berliner Gewerbschule. Beziehung zu Steiner. — Rückkehr nach Stettin. Stellung an der Ottoschule. — Mathematisches Examen und Vorarbeiten zur Ausdehnungslehre. — Aufgeben der theologischen Laufbahn.

II. **Grassmann als Mathematiker** .... 16—50
Arbeit an der Ausdehnungslehre. — Uebertritt zur Friedrich-Wilhelm-Schule. — Die „Ausdehnungslehre von 1844". — Urtheile darüber von Gauss, Grunert und Möbius, und Aufnahme des Werkes im mathematischen Publikum. — Schicksal der ähnlichen Arbeiten von Möbius, Bellavitis, Saint-Venant. — Arbeiten zur Curventheorie. — Preisschrift über Leibniz' geometrische Charakteristiken. — Studien auf verschiedenen Gebieten.
Politisches Intermezzo 1847—49. Grassmann als Politiker und Redacteur. — Verheirathung und Rückkehr zur wissenschaftlichen Thätigkeit. — Lehrbücher für den deutschen und lateinischen Unterricht. — Erholungsarbeiten auf dem Gebiete der Sprachvergleichung. — Uebertritt an das stettiner Gymnasium. — Arbeit am zweiten Theile der Ausdehnungslehre. — Anwen-

dung derselben auf die Theorie der Curven und Oberflächen. — Verkehr mit Möbius. — Grassmann und Cauchy. — Streben, an eine Universität zu gelangen. — Das „Lehrbuch der Arithmetik". — Die „Ausdehnungslehre von 1862". — Urtheil Grunert's darüber und Schicksal des Werkes. — Vergebliches Bemühen um eine Universitätsstellung. — Abschied von der Mathematik.

III. Grassmann als Philolog .... 51—78

Linguistische Arbeiten und Urtheil Delbrück's über dieselben. — Wörterbuch zum Rig-Veda und Uebersetzung desselben. — Mathematischer Verkehr mit Hankel. — Die greifswalder Professur, ein Meteor an Grassmann's Lebenshimmel. — Deutsche Pflanzennamen. — Beziehungen zu Clebsch. — Auf der leipziger Philologenversammlung.

Wiederaufnahme der mathematischen Arbeiten. — Umschwung in der Beurtheilung der Ausdehnungslehre. — Beziehungen zu neuern Mathematikern. — Wanken seiner Gesundheit. — Anerkennung seiner philologischen Leistungen. — Wachsender Erfolg der Ausdehnungslehre. — Physikalische Entdeckungen Grassmann's aus früherer Zeit und Bestätigung derselben. Die Theorie der Elektrodynamik. Die physikalische Natur der Sprachlaute. Die Theorie der Farbenmischung. — Verkehr mit Preyer. — Letzte mathematische Arbeiten. — Beendigung der Rig-Veda-Uebersetzung. — Seine letzten Tage.

Beziehungen zu seiner Vaterstadt. — Schulthätigkeit. — Familienleben. — Charakterschilderung. — Rückblick und Schluss.

Verzeichniss der wissenschaftlichen Publicationen von H. Grassmann .... 79—82

I. Grassmann als Theolog.

Wenn in frühern Zeiten das Leben und Wirken eines bedeutenden Gelehrten oft dauernd mit einem schon früh gewählten Aufenthaltsorte verknüpft war, wo theils Gewohnheit, theils Quellen geistiger Anregung den Heimischgewordenen fesselten, so wird in unserm Zeitalter, wo die Vortheile der Freizügigkeit und die Leichtigkeit des Verkehrs auch den Männern der Wissenschaft zugute kommen, der Fall wol immer seltener werden, dass ein innerlich reich bewegtes, durch Vielseitigkeit des Interesses ausgezeichnetes und in wissenschaftlichen Leistungen ersten Ranges gipfelndes Forscherleben sich mit verschwindender Ausnahme an einem und demselben Orte abspielt, noch dazu, wenn dieser Ort kein Mittelpunkt wissenschaftlichen Lebens, sondern mit allen seinen Interessen den heterogenen Bestrebungen des Handels und Verkehrs zugewendet ist. Ein solches Leben war das von Hermann Grassmann, welcher in Stettin geboren wurde, lebte und starb.

Die Stadt Stettin, als erster deutscher Platz für den Ostseehandel, nebenbei Sitz von Provinzialbehörden und bis in die neueste Zeit garnisonreiche Festung, bot allerdings im ganzen wenig Raum für die Entwickelung einer wissenschaftlichen Atmosphäre, wie sie nur durch das Ineinandergreifen und die gegenseitige Anregung vieler Kräfte sich bilden kann; sie besass auch bis 1869 nur ein Gymnasium und eine Realschule. Zum Ersatz aber streute der Genius seine Gaben um so herrlicher auf die Häupter einzelner Männer, die zum Theil, wie Prutz, allenthalben in Deutschland Beachtung und Anerkennung fanden, zum grössern Theile aber von der grossen Menge übersehen wurden, obwol sie durch die ihnen und ihren Werken innewohnende hohe Idealität, sittliche Lauterkeit und Tiefe der Gedanken den Besten der Nation beizuzählen sind. Wenn uns die Dichtungen Giesebrecht's durch die Innigkeit der religiösen Empfindung und die Tiefe des Naturgefühls entzücken, so weiss Löwe dieselben Empfindungen in der beredtesten Weise in seinen Balladen-Compositionen zum Ausdrucke zu bringen. In die Reihe dieser letztern Männer gehört auch der originelle Pädagog Calo, gehört endlich der als Mathematiker, Physiker, Philolog und Theolog ausgezeichnete Hermann Grassmann. Sie alle besassen eine hohe Originalität, die weder dem Einflusse fremder Geistesrichtung, noch demjenigen des sie umgebenden Lebens viele Concessionen machte; sie alle aber standen den gleichzeitigen und gleichartigen Bestrebungen im übrigen Deutschland verhältnissmässig fern, und waren daher nicht annähernd so gekannt, wie es nach ihrer geistigen Bedeutung zu erwarten gewesen wäre. Sollen wir den Grund dieses eigenthümlichen Zusammentreffens in ihrer Persönlichkeit, ihrem Entwickelungsgange oder in den Verhältnissen und der Lage der Stadt suchen, wo sie wirkten? Vielleicht trägt die Darstellung des Lebens von Hermann Grassmann dazu bei, diesen Punkt einigermassen zu erhellen.

Am „Königlichen und Stadt-Gymnasium" zu Stettin, welches 1805 durch Vereinigung eines 1544 gegründeten „akademischen Gymnasiums" und eines „Raths-Lyceums" entstanden war, wirkte Justus Günther Grassmann seit 1806 als Lehrer, seit 1815 als Professor der Mathematik und Physik, während er ursprünglich für das theologische Fach bestimmt gewesen war und auch seine Studien an der Universität in dieser Richtung betrieben hatte. Er stammte aus einer ihren Ursprung bis zum Jahre 1500 verfolgenden Familie, deren Hauptvertreter mehrere Generationen hindurch Bürgermeister in Landsberg a. d. W. gewesen waren. Erst mit J. Grassmann's Vater, welcher Prediger in Sinzlow war, sehen wir diese Tradition zu Ende gehen. Am 15. April 1809 wurde ihm sein zweiter Sohn Hermann geboren.* Den ersten Unterricht erhielt derselbe durch seine Mutter Johanne, geb. Medenwald, in Greifenhagen, wo dieselbe zur Zeit der Belagerung Stettins im älterlichen Hause eine Zuflucht gefunden hatte, während ihr Mann, dem Rufe des Königs folgend, beim Beginn der Freiheitskriege in die Armee getreten war. Später besuchte H. Grassmann das stettiner Gymnasium, wo er durch seinen Vater in Mathematik und Physik unterrichtet wurde und sich bereits durch seine Leistungen auf diesen Gebieten auszeichnete. Hervorzuheben ist auch die gründliche musikalische Bildung, die er durch Löwe erhielt, der ihn im Klavierspiel und den Regeln des Generalbasses unterrichtete. Indessen führte ihn seine Neigung der Theologie zu, und als er nach bestandener Maturitätsprüfung Michaelis 1827 mit seinem ältern Bruder Gustav zusammen die Universität Berlin bezog, widmete er sich hauptsächlich diesem Studium. Er hörte Vorlesungen bei Hengstenberg, Marheincke, Neander, Schleiermacher,

---

* Es sei gleich hier erwähnt, dass J. Grassmann zwei Brüder hatte, von denen der ältere, J. Chr. Ludolph, Prediger zu Uchtenhagen in Hinterpommern, der jüngere, Fr. H. Gotthelf, Geheimer Regierungs- und Schulrath in Stettin war; ferner ausser Hermann noch elf Kinder, unter denen der älteste Sohn, Karl Gustav, als Pastor zu Baumgarten bei Dramburg 1841 starb, der dritte, Robert, als Oberlehrer a. D. und Redacteur noch in Stettin, und der vierte, Justus, als Superintendent in Schönfeld bei Tantow lebt, während die beiden jüngsten in den ersten Mannesjahren starben.

aber auch bei Böckh, von Raumer und Ritter, während er zu Hause besonders griechische Classiker studirte. Dabei wurde die Erholungszeit wesentlich der Musik gewidmet. Die beiden Brüder wussten einen ganzen Kreis von musikalischen Studenten um sich zu sammeln, und es wurden in ihrem Hause ganze Opern und Oratorien mit Klavierbegleitung aufgeführt. Unter den theologischen Lehrern ist es Neander, über den Hermann sich (in einem spätern Briefe) rühmend aussprach. Trotz der „Einförmigkeit der Formeln, in die er alles kleidete", ist ihm an diesem Lehrer immer „die wahrhaft kindliche Einfalt in seinem ganzen Wesen wie in seinem Vortrage, die Innigkeit der religiösen Ueberzeugung, die Unbefangenheit, mit der er das Fremdartige aufnimmt und verarbeitet, ohne sich im mindesten irremachen zu lassen, die echte Demuth und Bescheidenheit höchst achtungswerth und liebenswürdig erschienen". Den grössten Einfluss aber übte Schleiermacher auf ihn aus, dessen geniale dialektische Methode ebenso seinen Geist fesselte wie die Predigten desselben sein Gemüth ansprachen, und dessen Vorlesungen und Schriften er auch in späterer Zeit noch immer mit Vorliebe studirte und selbständig bearbeitete. Vielseitige Anregungen bot dem jungen Studenten auch eine 1829 unternommene grössere Reise nach Wien, dem Salzkammergut, Tirol und München, die ihm in gleicher Weise hervorragende Kunstwerke der Malerei, Sculptur und Baukunst wie die Herrlichkeiten der Alpenwelt vorführte. In den Alpen, vornehmlich der Schweiz, suchte und fand er auch später noch oft Erholung von dem anstrengenden Dienste in Beruf und Wissenschaft. Inzwischen zogen aber auch die mathematischen Schriften seines Vaters die Aufmerksamkeit des, wie wir sahen, schon damals vielseitigen Interessen zugewandten Jünglings auf sich.

Justus Günther Grassmann war ein philosophisch geschulter, durch Schärfe des Gedankens und Klarheit der

Darstellung ausgezeichneter Mann, der die Fundamente der Mathematik nicht nur mit philosophischer Gründlichkeit untersuchte, sondern auch pädagogisch durcharbeitete, und die Resultate seiner Forschung in einer Anzahl von Schriften niederlegte, die noch heute lesenswerth sind, und, wenn sie bekannter geworden wären, viele der mathematisch-pädagogischen Streitfragen, wie sie seit Jahren die Vorreden mathematischer Elementarbücher und die Spalten der Zeitschriften füllen, überflüssig gemacht hätten. Die in diesen Schriften sich offenbarende Originalität der Auffassung und der Reichthum der Erfindungsgabe des Vaters lehrten den Sohn schon früh, die Mathematik als ein Feld zu betrachten, wo, seitwärts von den ausgetretenen Pfaden der Vergangenheit, der selbständigen Forschung eine weite Arena eröffnet sei; lehrten ihn schon früh, jene Unbefangenheit des Urtheils zu üben, die sich nicht in die Fesseln einer bestimmten Schule begibt, nicht sklavisch und gedankenlos mit althergebrachten Methoden arbeitet, sondern für die selbstgewählte Arbeit sich die selbsterfundenen Werkzeuge selber schmiedet. Schon Justus Günther trat mit einer neuen Disciplin der Mathematik auf, der „Geometrischen Combinationslehre", die er 1817 als ersten Theil einer „Raumlehre" herausgab. Die Bemerkung, dass unter den verschiedenen Zweigen der Mathematik die Combinationslehre der am wenigsten ausgebildete sei, führte ihn zur Bearbeitung jenes neuen Zweiges, dessen weitere Ausbildung und Nutzbarmachung für die Wissenschaft seine Lieblingsidee blieb. Indessen fand er wenig Anklang damit, und so verzögerte sich das Erscheinen des zweiten Theils der „Raumlehre", welcher den Titel „Ebene räumliche Grössenlehre" führte, und die Elemente der Geometrie in neuer (auch wieder pädagogisch und wissenschaftlich noch heute höchst lehrreicher) Darstellung enthielt, bis 1824. Es folgte dann 1827 die Programm-Abhandlung „Ueber den Begriff und

Umfang der reinen Zahlenlehre", eine Schrift von ganz gleicher gedanklicher Tiefe wie die vorige. Ihm, der den kläglichen Zustand der Elementarmathematik damals schon so klar wie vielleicht kein Zeitgenosse durchschaute, lag natürlich der Gedanke nahe, eine Zeitschrift zu gründen, welche „allein der Elementarmathematik gewidmet sein und sich die grössere Aufklärung und bessere Anordnung dieser Elemente zum Hauptzweck setzen sollte. Auch die Methodik des Unterrichts, sofern sie sich darauf gründet, würde sie nicht von sich ausschliessen. Von der Art, wie sie dadurch zugleich für die Naturkunde zu wirken gedachte, sollte das erste Heft eine Probe geben". Also im wesentlichen genau das Programm der gegenwärtigen Hoffmann'schen „Zeitschrift für mathematischen und naturwissenschaftlichen Unterricht"! Nur hat es noch vierzig ganzer Jahre bedurft, bis dieser Plan mit nachhaltigem Erfolge ausgeführt wurde. Denn das erste Heft (von 184 Seiten), welches 1829 erschien, und freilich wieder weitere Ausführungen der geometrischen Combinationslehre mit Anwendung auf die physische Krystallonomie enthielt, blieb das einzige. Es folgte dann noch 1835 ein „Lehrbuch der ebenen und sphärischen Trigonometrie", welches wieder schon ganz dem modernen Standpunkte entspricht. „Diese ernsten Studien auf dem Gebiete des Elementarunterrichtes" — so berichtet Schulrath Dr. Scheibert in der „Pädagogischen Revue" (Bd. 32, S. 203) — „waren nicht ohne wohlthätigen Einfluss auf seine Lehrmethode geblieben. Wie er nach Obigem alles nach seiner Weise gestalten musste, um es als sein Wissen wieder lehren zu können, war seine Methode danach durchaus originell. Wusste er jeder neuen Entdeckung auf dem Gebiete der Naturwissenschaften die pädagogisch bildende Seite abzugewinnen, wovon die vielen Verbesserungen an den physikalischen Instrumenten, die er beim Unterrichte gebrauchte, ein redendes Zeugniss ablegen: so hatten ihn jene Studien dahin gebracht, den ganzen Unterricht so durchsichtig zu halten, dass immer der ganze systematische Zusammenhang bis zum Elemente hinab vom Schüler durchschaut werden konnte.... Aber nicht blos auf dem reinen Schulgebiete blieb seine Thätigkeit stehen, sondern sie breitete sich nach verschiedenen Seiten hin aus. Ein Werk «Zur physischen Krystallonomie und geometrischen Combinationslehre» (Stettin 1829)* — welches durch und durch Original ist, gab von seiner tiefen Naturanschauung Kunde und brachte ihm die Mitgliedschaft vieler naturhistorischen Gesellschaften. Die darin niedergelegte Construction der Krystallgestalten fand durch den Engländer Miller, Professor an der Universität zu Cambridge, weitere Verarbeitung, und die dürre Stereometrie, wie sie in den Schulen gelehrt wird, hat hier eine unerschöpfliche Fundgrube zu einer fruchtbaren Erweiterung. — Die verbesserte Construction der Hahnluftpumpen verdanken ihm die Physiker, wie die Astronomen eine von ihm construirte astronomische Uhr, und die Meteorologen eine Uhr zur Beobachtung der mittlern Temperatur eines Ortes, welche beide in Poggendorff's Annalen beschrieben stehen."

Solcher Art waren die Arbeiten und Methoden, welche Hermann Grassmann in die Tiefen der Mathematik einführten, Arbeiten, deren Werth und Tendenz an dieser Stelle nur andeutungsweise hervorgehoben werden konnte. — Die philosophische Betrachtung der Mathematik im allgemeinen, die Gründlichkeit in der Behandlung der Elemente, der sichere Blick für das Praktische in der Verwerthung der hierdurch gewonnenen Resultate für die Schule, die Tendenz, die Kunstsprache von fremden Ausdrücken nach Möglichkeit zu reinigen, endlich so manche wichtige fundamentale Bemerkung — das war der Gewinn, welchen Hermann Grassmann aus dem während

---

* Dasselbe, welches oben erwähnt wurde.

seiner Universitätszeit und später eifrig betriebenen Studium der Werke seines Vaters davontrug. Andererseits muss freilich auch bemerkt werden, dass weder die in der elementaren noch die in der höhern Mathematik gebräuchliche Form der Darstellung auf so neue und fremdartige Gegenstände passte, wie sie J. G. Grassmann zum Theil behandelte, und dass die Nothwendigkeit, diese Gegenstände allseitig zu beleuchten und dem Leser klar zu machen, zu einer oft umständlichen und unübersichtlichen Darstellung führte, die als Vorbild ihre Schattenseite hatte, und deren Einfluss vielleicht nur durch die unmittelbare Wirkung methodisch angelegter mathematischer Vorträge hätte paralysirt werden können, während Hermann Grassmann, welcher damals an eine mathematische Laufbahn noch nicht dachte, auch keine mathematischen Vorlesungen hörte.

Fürs erste fand er überhaupt noch lange keine Zeit, die aus jenen Schriften geschöpften Anregungen zu verwerthen. Es lag nämlich, wie schon aus der Aufzählung seiner Universitätslehrer entnommen werden kann, durchaus nicht in seinem Plane, sich eine einseitige theologische Bildung zu erwerben, und etwa die Mussestunden mit mathematischer Beschäftigung auszufüllen. Die allgemeine Bildung des philosophischen Studiums der Fachbildung voranstellend, begann er, als er nach beendetem Triennium Michaelis 1830 nach Stettin zurückgekehrt war, sich auf das philologische Staatsexamen vorzubereiten, und trieb vorzugsweise griechische Grammatik. Die Methode, deren er sich hierbei bediente, um sich den Gegenstand gründlich anzueignen, ist zu merkwürdig und charakteristisch, um sie hier zu übergehen. Er bearbeitete nämlich die Regeln selbständig, stellte sie nach besondern Gesichtspunkten zusammen, und unterrichtete hiernach privatim jüngere Verwandte, die das Gymnasium besuchten. — Ostern 1831 trat er in das mit dem stettiner Gymnasium verbundene königliche

Seminar für höhere Bürger- und gelehrte Schulen ein, um die auch für seinen künftigen Beruf nützliche praktische Ausbildung als Lehrer zu geniessen. Im November desselben Jahres absolvirte er das Examen pro fac. doc. für die alten Sprachen und erwarb sich nebenbei auch eine (zunächst beschränkte) Facultas für Mathematik. (Als erste Frucht seiner Schulpraxis ist eine aus demselben Jahre stammende, für den Unterricht bestimmte kleine Schrift „Die Lehre vom Satze" zu betrachten.) Nach Erreichung dieses Zieles nahm ihn zunächst vorwiegend seine Lehrthätigkeit in Anspruch, in der er aber auch Anregung zu manchen wissenschaftlichen Arbeiten fand. So trieb er im folgenden Sommer besonders Botanik und führte im Verein mit mehrern Freunden eine barometrische Höhenmessung bei Stettin aus. Daneben führte ihn seine durch Schleiermacher's Einfluss bestimmte philosophische Richtung auf das Studium Plato's. Bald aber kehrte er zu seinen theologischen Studien zurück und bestand nach einem weitern Jahre (Mai 1834) sein erstes theologisches Examen mit dem Prädicat „gut".

Michaelis desselben Jahres wurde er als Lehrer der Mathematik an die berliner Gewerbschule berufen. Hier wurde er mit Jakob Steiner bekannt, der sein Vorgänger im Amte gewesen war. Da schon zwei Jahre vorher Steiner's epochemachendes Werk „Systematische Entwickelung der Abhängigkeit geometrischer Gestalten" erschienen war und Grassmann damals wenigstens schon die originellen und tiefsinnigen Arbeiten seines Vaters beherrschte, so liegt die Frage nach einem gegenseitigen Einflusse der beiden so bedeutenden Männer sehr nahe. Bedenkt man aber, dass in jener Zeit Steiner sich schon vollständig in seine eigenthümliche Richtung hineingearbeitet hatte, und dass die Tendenz der J. G. Grassmann'schen Arbeiten, falls er überhaupt davon Kenntniss nahm, von seinen eigenen Wegen weit entfernt lag, dass aber andererseits Grassmann, der sich noch immer in erster Linie als Theologen betrachtete und in zweiter sich speciell für die mathematischen Leistungen seines Vaters interessirte, keine wesentliche Veranlassung hatte, auf Steiner's Gedankengang einzugehen, so wird man es begreiflich finden, dass die Berührung beider Männer eine rein äusserliche blieb. Es fand aber auch ausserdem ein Gegensatz der wissenschaftlichen Grundrichtung zwischen beiden statt, der ein näheres gegenseitiges Interesse auch für die Dauer erschwerte, und der in seiner vollen Schärfe hervortritt, wenn man bedenkt, dass Grassmann mit derselben Entschiedenheit der analytischen Forschungsmethode ergeben war, mit welcher Steiner die synthetische als oberstes Princip befolgte. Endlich kam zwischen Steiner, welcher damals schon das Bewusstsein einer bedeutenden literarischen Leistung in sich trug, und dem jungen bescheidenen Lehrer aus der Provinz, der, auch mit Rücksicht auf seinen eigentlichen Beruf, von einer ziemlich heterogenen Seitenstrasse herkam, um Steiner's Nachfolger zu werden, überhaupt kein engeres Verhältniss zu Stande. Auch sonst fühlte sich Grassmann trotz mannichfacher Anregungen in Berlin nicht wohl. Der Haut-goût des berliner Volksgeistes sagte ihm, der in reiner norddeutscher Art aufgewachsen war, nicht zu; er fand nicht die Liebe und das Entgegenkommen, dessen sein reiches und tiefes Gemüth bedurfte, die grosse Stadt liess ihn die schönen Umgebungen seiner Vaterstadt schmerzlich vermissen; auch die geistige Erholung, die er einst als Student im Verkehre mit seinen Freunden gefunden, fehlte ihm. Damals hatte die Grassmann'sche Wohnung eine kleine Welt für sich gebildet, hatte er sich noch unbefangen den Eindrücken hingegeben; jetzt, da er auf die grosse Welt, die ihn umgab, angewiesen war, und sie prüfte, fand er sie seinen Neigungen nicht entsprechend. Daher folgte er freudig schon nach $1\frac{1}{4}$ Jahren (Neujahr 1836) einem Rufe, der ihn wieder nach seiner Vaterstadt führte, und zwar als ersten wissenschaftlichen Lehrer an die Ottoschule (nach heutigen Begriffen etwa Realschule zweiter Ordnung ohne Latein), eine Stellung, die er bis Michaelis 1842 bekleidete. Er unterrichtete hier in Mathematik, Physik, Chemie, ausserdem in Deutsch und Religion. In Berlin hatte er (wie er selbst in einem Briefe an seinen Bruder Robert schreibt) für die Schule arbeiten gelernt, aber mit Ermüdung und halber Lust, da es einerseits seiner Natur widerstrebte, seinen Wirkungskreis auf den äussern Beruf der Schule zu beschränken*, und er doch andererseits einen geist- und gemüthvollen Verkehr in Berlin nicht finden konnte. Jetzt arbeitete er „mit ganzer Liebe und mit der Fröhlichkeit und Frische, welche die Liebe gibt".** — Unter den Gegenständen seines Unterrichtes zog ihn damals besonders die Chemie an, die er nach Berzelius' grossem Werke theoretisch, und durch fleissiges Experimentiren zu

---

* „Mir wird es immer klarer, dass das gesellige Leben in engern und weitern Kreisen keineswegs eine blosse Erholung gewähren, sondern unser Bildungsplatz, unser heiliger Beruf sein soll; ja jeder Versuch, den eigentlichen Wirkungskreis auf den äussern Beruf der Schule zu beschränken, ist mir mislungen und musste mir mislingen: um in der Schule wirken zu können, muss ich im gesammten geselligen Leben wirken; nur so bleibe ich frei von Schulpedanterie, nur so kann jene Wirksamkeit Leben und Innerlichkeit gewinnen." (9. 3. 35.)

** „Ich treibe jetzt fast weiter nichts als Gegenstände, die mit der Schule in enger Beziehung stehen, und treibe alles so, als ob ich mein Leben lang Lehrer an der Ottoschule bliebe; denn es gibt auch hier einen Weg, sich dabei wissenschaftlich auszubilden, indem ich bei dem, was in der Schule vorkommen soll, überall so tief wie möglich hineinsteige, und ich glaube sogar, dass dies der beste Weg der Entwickelung sei, indem die Richtung derselben dann allerdings durch die amtliche Thätigkeit bestimmt, dabei aber dem wissenschaftlichen Streben an sich durchaus keine Grenze gesetzt wird." (24. 2. 36.)

Hause und in der Schule praktisch studirte. Die krystallographischen Arbeiten seines Vaters, insbesondere dessen Werk „Zur physischen Krystallonomie" gaben ihm Stoff zu einer 1839 erschienenen Programm-Abhandlung, in welcher er das in jenem Werke niedergelegte System in neuer und eleganter Weise ableitete. Aber je rückhaltsloser und freudiger er sich dem Lehrberufe und den durch ihn veranlassten wissenschaftlichen Bestrebungen hingab, desto mehr trat natürlich die Fortsetzung seiner theologischen Studien in den Hintergrund, desto mehr rückte die Verwirklichung seines immer noch festgehaltenen Planes, Prediger zu werden, in die Ferne. Nicht als ob er, wie viele andere, unter den Eindrücken und Einflüssen des äussern Lebens sich den Grundvoraussetzungen seines künftigen Berufes hätte entfremden lassen; im Gegentheil, die früher mehr unbewusste Frömmigkeit seines Herzens hatte sich im Laufe der Zeit durch stete Arbeit an seinem Innern zu einem demüthigen und doch freudigen religiösen Bewusstsein vertieft, welches seinen Entschluss nur kräftigen konnte. Andererseits aber musste diese Verinnerlichung und Vertiefung seines Wesens bewirken, dass die Zahl derer, welche dasselbe würdigen konnten, abnahm, sie musste ihn mit seiner Sympathie der für das Reine, Hohe und Edle sich leicht begeisternden Jugend zuführen, statt der in den materiellen Interessen des Lebens sich bewegenden erwachsenen Generation. Grassmann war bereits mit allen Fäden seines Innern an den Lehrberuf und an die Wissenschaft geknüpft, als er, noch immer an eine Zukunft als Prediger denkend, im Jahre 1839 sein zweites theologisches Examen (und zwar mit dem Prädicat „sehr gut") bestand. Seine Seele gehörte Gott, aber sein Geist schon der Wissenschaft. Es bedurfte nur noch eines Lichtstrahls, um ihn über seinen eigentlichen Lebensberuf aufzuklären, und dieser liess nicht lange auf sich warten.

Das Ergebniss der Prüfung pro fac. doc. hatte Grassmann eigentlich auf ein ganz anderes Gebiet der Lehrthätigkeit angewiesen, als dasjenige war, auf welchem er seit Jahr und Tag wirkte. Es musste ihm daher daran liegen, jenes Ergebniss nach der Seite der Mathematik und der Naturwissenschaften hin zu vervollständigen, und seine längere theoretische und praktische Beschäftigung mit diesen Gegenständen forderte geradezu dazu auf. Daher studirte er gleich nach Ablegung des zweiten theologischen Examens die höhere Analysis nach Lacroix und Lagrange und meldete sich zur Nachprüfung. Das Thema der schriftlichen Arbeit (Theorie der Ebbe und Flut) führte ihn auf Laplace's „Mécanique céleste". Beim Studium dieses Werkes bemerkte er nun, dass die Resultate desselben mittels der wenigen neuen Principien, die er früher schon auf Grund des Studiums der Werke seines Vaters gewonnen*, sich in einer dermassen abgekürzten Weise ableiten liessen, dass die Rechnung oft mehr als zehnmal kürzer ausfiel. Dies Resultat ermuthigte ihn, die neuen Principien auch auf das Problem der Ebbe und Flut anzuwenden, wozu die Einführung einer Menge neuer Begriffe nöthig wurde. Diese ergaben allmählich das Bild einer zusammenhängenden geometrischen Analysis, die eine Anwendbarkeit auf verschiedene Gegenstände der angewandten Mathematik verhiess, namentlich aber auf die Geometrie, welche Grassmann schon lange als angewandte Mathematik betrachtete.** Der Versuch gelang, Pfingsten 1840

---

* Es sind dies: „Die Anwendung des Begriffs des Negativen auf Strecken, die geometrische Addition der Strecken und die Auffassung der Parallelogramm-Fläche als äusseres Product zweier anstossender Seiten." Vgl. Grassmann, „Die lineale Ausdehnungslehre" (Leipzig 1844), S. V u. VI.

** Das Nähere über diese (ungedruckt gebliebene) Arbeit vgl. a. a. O., S. VII u. VIII. Die Resultate derselben hat Grassmann reichte Grassmann die Arbeit bei der wissenschaftlichen Prüfungscommission in Berlin ein und erhielt nach bestandener Prüfung die unbedingte Facultas für Mathematik, Physik, Mineralogie und Chemie, für welche Fächer ihn das Prüfungszeugniss als besonders befähigt empfiehlt. Noch fand er indess nicht die Musse, sich mit ungetheilter Kraft der weitern Ausbildung seiner Analysis zu widmen. Die kurz zuvor veröffentlichte Dialektik seines verehrten Meisters Schleiermacher zog ihn zu mächtig an und riss ihn vorübergehend in eine neue Strömung, in der er gemeinsam mit seinem Bruder Robert arbeitete. So wurde im nächsten Jahre (1841) eine philosophische Sprachlehre ausgearbeitet, deren Resultate er in einem „Grundriss der deutschen Sprachlehre" und einem „Leitfaden für den deutschen Unterricht" niederlegte. (Die beiden Bücher, das letztere eine gemeinsame Arbeit der Brüder, erschienen 1842.)

Endlich, um Ostern 1842, kehrte er mit voller Kraft zur Mathematik zurück. Es war dies zu einer Zeit, wo die Resultate seiner Studien schon angefangen hatten, sich in der Form eines wissenschaftlichen Systems zu gruppiren, wo der stolze Bau der „Ausdehnungslehre" in seinem Geiste schon in den Grundzügen vollendet war, wo die nach allen Richtungen hin sich ihm eröffnende unermessliche Perspective in die Tiefen der Mathematik ihm jene unerschütterliche Zuversicht in die Wichtigkeit seiner Schöpfung gab, die ihn nie verliess, auch nicht, nachdem er, jahrzehntelang auf der Höhe seiner Wissenschaft einsam und unverstanden thronend, sich längst auf andern Gebieten Ruhm erworben hatte. Jetzt handelte es sich nur noch um die Ausarbeitung, und bald war dieselbe so weit gediehen, dass er in einem

---

noch kurz vor seinem Tode zusammengestellt in der Abhandlung: „Die Mechanik nach den Principien der Ausdehnungslehre" („Mathematische Annalen", XII, 222).

engern Kreise Vorlesungen über die Ausdehnungslehre halten konnte, die wol aus dem natürlichen Wunsche hervorgingen, die überzeugende Kraft der neuen Wissenschaft auch an andern zu erproben. Seine Zuhörer dabei waren sein Bruder Robert, sein Schwager, Director Scheibert (jetzt Geheimer Regierungs- und Schulrath in Schlesien), Lehrer Jungklass (jetzt Schulrath in Bromberg) und Ingenieurlieutenant von Kameke (jetzt Kriegsminister). So war er denn endlich definitiv demjenigen Gebiete zugeführt, auf welchem seine schöpferische Kraft sich am reichsten entfalten konnte; handelte es sich doch darum, ein unermessliches, neu entdecktes Gebiet der mathematischen Wissenschaft in Besitz zu nehmen und zu cultiviren, und nicht etwa ein abgelegenes, sondern ein solches, welches mit den wichtigsten Gebieten mathematischer Forschung im engsten Zusammenhange stand, von welchem aus auf diese Gebiete ein ungeahntes Licht fiel, ja welches selbst auf Theile der angewandten Mathematik, wie Mechanik und Krystallonomie, einen umgestaltenden Einfluss ausüben musste. So reifte sein Entschluss, aus dem Ausbau der neuen Wissenschaft seine Lebensaufgabe zu machen und der theologischen Laufbahn gänzlich zu entsagen. Seit Michaelis 1842, wo er von der Ottoschule an das Gymnasium berufen wurde, kann dieser Entschluss als feststehend betrachtet werden.

II. Grassmann als Mathematiker.

Unter diesem Gesichtspunkte gewann sein philologisches Staatsexamen in Verbindung mit seiner bisherigen Lehrthätigkeit eine neue Bedeutung. Denn in der bisher verfolgten Laufbahn musste er nun bleiben, um von ihr aus sich diejenige Stellung zu gewinnen, die allein die Möglichkeit einer frei sich entfaltenden wissenschaftlichen Thätigkeit verhiess — die Professur an einer Universität. — Der Wunsch, seine Methoden an schon bekannten Resultaten zu prüfen, und die Einsicht, dass die Ableitung geometrischer Sätze eine ähnliche Vereinfachung durch dieselben erfahren werde wie die der mechanischen, führte ihn bald auf das Studium verschiedener geometrischer Schriften. Besonders musste ihn natürlich Möbius' Barycentrischer Calcul interessiren, dessen Resultate er mit den Anfängen seiner Theorie ganz übereinstimmend fand. Da aber schon einer der ersten und wichtigsten Begriffe der Ausdehnungslehre, der des äussern Products, sich bei Möbius nicht vorfand, so schöpfte er aus dieser Schrift auch keine weitere Anregung. Dann beschäftigte er sich eingehend mit Poncelet's Arbeiten, namentlich mit dem „Mémoire sur les centres de moyennes harmoniques" (Crelle's Journal, Bd. 3). Die Frucht dieses Studiums war die schöne „Theorie der Centralen" (Crelle's Journal, Bd. 24, 1842), in welcher er einen allgemeinen Satz aufstellte, in welchem nicht nur alle

Resultate Poncelet's, sondern auch die wichtigsten und allgemeinsten Sätze über Durchmesser, Asymptoten, Tangenten u. s. w. von Curven und Oberflächen als specielle Fälle enthalten waren. Diese Arbeit ist für die Erkenntniss der schöpferischen Kraft des Autors um so wichtiger, weil von den Methoden der neuen Analysis darin noch kein Gebrauch gemacht wird. Sie ist ein Meisterstück der Kunst, mit wenigen Mitteln zahlreiche und bedeutende Resultate zu gewinnen; die Rechnung tritt darin ganz zurück gegen die Kraft des Gedankens, und vielleicht nirgends zeigt sich so unverhüllt wie hier das eigenthümliche Talent Grassmann's, specielle Resultate zu generalisiren. Diesen Verallgemeinerungsprocess hatten auch alle Einzelheiten seiner neuen Analysis durchgemacht, ehe er sie geordnet zusammenstellte und zu einem Ganzen verarbeitete.

Ostern 1843 trat er an die Friedrich-Wilhelms-Schule (Realschule erster Ordnung) über, deren Lehrplan ihm ein seiner Lehrbefähigung mehr entsprechendes und weiteres Feld der Thätigkeit verhiess, und an welcher er bis 1852 (seit 1847 als Oberlehrer) thätig war.

Endlich, im Jahre 1844, erschien die „Lineale Ausdehnungslehre"*, nicht nur unter allen Arbeiten Grassmann's weitaus die bedeutendste, sondern überhaupt eins der merkwürdigsten und hervorragendsten mathematischen Werke aller Zeiten. In diesem Buche war alles neu und alles ungewohnt. Mit Hülfe neuer Rech-

---

* Der vollständige Doppeltitel ist: „Die Wissenschaft der extensiven Grösse oder die Ausdehnungslehre, eine neue mathematische Disciplin, dargestellt und durch Anwendungen erläutert. Erster Theil, die lineale Ausdehnungslehre enthaltend. — Die lineale Ausdehnungslehre, ein neuer Zweig der Mathematik, dargestellt und durch Anwendungen auf die übrigen Zweige der Mathematik, wie auch auf die Statik, Mechanik, die Lehre vom Magnetismus und die Krystallonomie erläutert" (Leipzig 1844).

nungsoperationen wurden Gesetze abgeleitet für das Verhalten und die gegenseitigen Beziehungen abstracter Gebilde in abstracten Gebieten; und die Begriffe beider, der Gebilde wie der Gebiete, waren so allgemein gefasst, dass zu ihrer Bezeichnung ebenso wie zu der der Operationen eine ganz neue Terminologie erforderlich war. Nicht einmal der Charakter des Räumlichen war festgehalten, während allerdings die am Schlusse jedes Abschnittes gegebenen Anwendungen auf Geometrie und Mechanik zeigten, dass die neue Disciplin zur Ableitung der Gesetze dieser den Raum voraussetzenden Wissenschaften mit Vortheil benutzt werden könne. Diese Anwendungen indess waren viel zu aphoristisch gehalten, als dass das wahre Verhältniss zwischen den Raumwissenschaften und der Ausdehnungslehre daraus mit genügender Klarheit hätte ersehen werden können. Ja selbst zur Exemplificirung der Ausdehnungslehre waren sie unzureichend, weil es einer ganz ungewöhnlichen Abstraction bedurfte, um die Lehren der letztern aus den Anwendungen heraus zu begreifen. Der Leser konnte daher sehr wohl jene Anwendungen verstehen, während ihm Wesen und Zweck der Hauptsache dennoch unverständlich blieb. Zu diesen aus der Neuheit des Gegenstandes entspringenden grossen Schwierigkeiten des Verständnisses gesellten sich noch andere, die in der Behandlungsweise ihren Grund hatten. Der ausserordentliche Umfang der neuen Wissenschaft, und die überall in ihr hervortretende Perspective auf weitern Ausbau mittels neuer Hülfsmittel der Rechnung nöthigten den Autor zu einer in der Hauptsache mehr andeutenden als ausführenden Darstellung. (Denselben Charakter zeigen auch alle diejenigen spätern Arbeiten Grassmann's, welche eine Weiterbildung der in der „Ausdehnungslehre" gegebenen Methoden enthalten.) Dafür erforderte der abstracte Charakter des Gegenstandes eine höchst sorgfältige und eingehende Begründung alles dessen, was etwa den Eindruck des Willkürlichen hätte machen können; und so kam es, dass die Darstellung ein fast ausschliesslich philosophisches Gepräge erhielt. — Und doch liegt gerade in diesen das Verständniss bei der ersten Lektüre erschwerenden Eigenthümlichkeiten die Stärke des Buches. Denn einerseits ermöglichte die Beschränkung auf das Wesentliche eine bessere Uebersicht des ganzen Systems der neuen Lehre, andererseits stellte die ausführliche Begründung dieselbe gegen alle Angriffe sicher. Einheitlich, frei von Widersprüchen und willkürlichen Voraussetzungen, nach allen Richtungen hin mit strenger Consequenz ausgebildet und der organischen Weiterentwickelung fähig, vor allem fähig der mannichfachsten und nützlichsten Anwendungen, so stellt sich dieses Lehrgebäude demjenigen dar, welcher die Schwierigkeiten, die seine Auffassung verursacht, überwunden hat. Aber es ist auch klar, dass alle Versuche, dasselbe nur aus seinen Anwendungen heraus zu begreifen, eine einseitige und daher unvollkommene Vorstellung davon geben müssen. Und nun, was vielleicht das Merkwürdigste ist, dieses Lehrgebäude stand durch nichts mit irgendeiner frühern mathematischen Schöpfung in Zusammenhang. Denn der barycentrische Calcul ist ebenso wie Leibniz' Idee der geometrischen Charakteristiken rein geometrischer Natur.* Eine solche Höhe der mathematischen Abstraction, wie sie in der Ausdehnungslehre hervortrat, war nie vorher dagewesen. Fix und fertig, wie Pallas aus dem Haupte des Zeus, in dem Entwickelungsgange der Mathematik ein Menschenalter überspringend, so stand die neue Wissenschaft plötzlich da, heute, nach 33 Jahren, noch ebenso

---

* Vgl. Crelle's Journal, Bd. 31: „Grundzüge zu einer rein geometrischen Theorie der Curven." Anmerkung auf der dritten Seite der Abhandlung. Von diesen wie von andern ähnlichen geometrischen Bestrebungen wird noch weiter unten die Rede sein.

neu, und, leider, für manche noch ebenso unbegreiflich wie damals.

Was die, wie oben bemerkt, nur zerstreut gegebenen Anwendungen, insbesondere auf die Geometrie, betrifft, so enthalten auch diese zum Theil noch heute neue Resultate. Ein auffallendes Beispiel mag dies bestätigen: Erdmann gelangt in seiner Schrift „Die Axiome der Geometrie. Eine philosophische Untersuchung der Riemann-Helmholtz'schen Raumtheorie" (Leipzig 1877) zu dem Schlusse, dass drei Axiome zur Begründung der Euklidischen Geometrie ausreichen, nämlich: 1) Der Raum ist eine dreifach ausgedehnte Mannichfaltigkeit. 2) Der Raum ist eine in sich congruente Mannichfaltigkeit. 3) Der Raum ist eine ebene oder unendliche Mannichfaltigkeit. Diese Axiome decken sich aber genau mit den schon von Grassmann als hinreichend erkannten und in der A_1* §. 22 aufgestellten: Der Raum ist an allen Orten und nach allen Richtungen gleichbeschaffen (= 2). Der Raum ist ein System dritter Stufe (= 1 und 3). Man sieht an diesem Beispiele, was auch die neueste Zeit nur an elementarer Geometrie noch aus der A_1 hätte lernen können.

Wenn es unter allen Umständen interessant und wichtig ist, die Entstehungsgeschichte einer neuen Disciplin verfolgen zu können, so ist es in erhöhtem Grade der Fall bei einer Erscheinung, welche, wie die Ausdehnungslehre, ausser allem Zusammenhange mit der geschichtlichen Entwickelung der Wissenschaft auftaucht. Ueber diesen Punkt nun klärt uns Grassmann in der Vorrede so vollständig auf, dass man wol sagen kann, selten habe ein Autor seine Leser so tiefe und gründliche Blicke in die Werkstatt seines Geistes thun lassen. Die Offenheit, Anspruchslosigkeit und edle Einfachheit,

---

* „Ausdehnungslehre" von 1844.

mit welcher Grassmann den ganzen Schöpfungsprocess der Ausdehnungslehre, von den ersten Anfängen durch alle Stadien ihn verfolgend, uns darlegt, machen diese Vorrede zu einer nicht nur wissenschaftlich bedeutsamen, sondern auch durch das rein menschliche Interesse, welches sie erweckt, in der Neuzeit fast einzig dastehenden Leistung. Wir ersehen daraus, dass und wieweit Grassmann in den Werken seines Vaters Keime vorfand, die der weitern Ausbildung harrten, dass diese Keime aber auch das einzige von aussen kommende anregende Element bildeten. Wir erfahren, dass die Form der Darstellung ihm viele Schwierigkeiten verursachte, dass mehrfache Umarbeitungen stattfanden, unter denen er die relativ beste zur Veröffentlichung wählte. Und in der That lässt sich nicht absehen, welche Darstellung angemessener gewesen wäre als die von ihm gewählte, wenn nicht entweder die Uebersichtlichkeit und Durchsichtigkeit des Ganzen oder die Tiefe der Begründung hätte Schaden erleiden sollen. Offenbar hatte gerade an dieser Form sein philosophisch geschulter Geist, der noch vor kurzem aus den Tiefen der Schleiermacher'schen Philosophie neue Kraft geschöpft hatte, am meisten Genüge gefunden. Immerhin aber war ein grosser Schritt gethan, in den Grundzügen aufgeführt das Gebäude, dessen Vollendung Reiz genug für ihn hatte, ihn seinem Lieblingsstudium zu entfremden. Und so konnte er seine Vorrede mit den keines Commentars bedürfenden Worten schliessen: „Einen besondern Grund der Nachsicht hoffe ich auch darin zu finden, dass mir die Zeit für die Bearbeitung vermöge meiner amtlichen Thätigkeit nur äusserst kärglich und stückweise zugemessen war, auch mir mein Amt keine Gelegenheit darbot, durch Mittheilungen aus dem Gebiete dieser Wissenschaft, oder auch nur verwandter Gegenstände, die lebendige Frische zu gewinnen, welche wie ein belebender Hauch das Ganze durchwehen muss, wenn es als ein lebendiges Glied an dem Organismus des Wissens erscheinen soll. Doch wenn auch eine Berufsthätigkeit, in welcher solche Mittheilungen aus dem Gebiete der Wissenschaft meine eigentliche Aufgabe sein würden, als das Ziel meiner Wünsche und Bestrebungen mir vor Augen steht, so glaubte ich doch die Bearbeitung dieser Wissenschaft nicht bis zur Erreichung dieses Zieles aufschieben zu dürfen, zumal da ich hoffen konnte, durch die Bearbeitung dieses Theiles selbst mir den Weg zu jenem Ziele bahnen zu können."

Das Werk erschien also im Buchhandel und wurde vom Autor an verschiedene bedeutende Mathematiker versandt. Aber — niemand erkannte, was damit anzufangen sei, ja nicht einmal, was der Verfasser eigentlich damit beabsichtige. Es scheint, als ob es keinen Leser des Buches gegeben hätte, dem der Flug ins Abstracte nicht schon im Anfange der Lektüre den Muth zum weitern, gründlichen Studium benommen hätte. Die oben geschilderten Schwierigkeiten des Verständnisses machten sich in vollem Umfange geltend. Hören wir, wie einige Mathematiker, die entweder ihres universellern Standpunktes wegen, oder, weil sie einigermassen ähnliche Bestrebungen verfolgt hatten, als besonders competente Kritiker gelten mussten, den Eindruck schildern, welchen sie von dem Werke empfingen. — Gauss schreibt (1844): „In einem Gedränge von andern heterogenen Arbeiten Ihr Buch durchlaufend glaube ich zu bemerken, dass die Tendenzen desselben theilweise denjenigen Wegen begegnen, auf denen ich selbst seit fast einem halben Jahrhundert gewandelt bin, und wovon freilich nur ein kleiner Theil 1831 in den Commentaren der göttingischen Societät und noch mehr in den «Göttingischen gelehrten Anzeigen» (1831, Stück 64) gleichsam im Vorbeigehen erwähnt ist; nämlich die concentrirte Metaphysik der complexen Grössen, während von der unendlichen Fruchtbarkeit dieses Princips für

Untersuchungen räumliche Verhältnisse betreffend zwar vielfältig in meinen Vorlesungen gehandelt, aber Proben davon nur hin und wieder, und, als solche nur dem aufmerksamen Auge erkennbar, bei andern Veranlassungen mitgetheilt sind. Indessen scheint dies nur eine partielle und entfernte Aehnlichkeit in der Tendenz zu sein; und ich sehe wohl, dass um den eigentlichen Kern Ihres Werkes herauszufinden, es nöthig sein wird, sich erst mit Ihren eigenthümlichen Terminologien zu familiarisiren." — Grunert (1844): „Dabei darf ich Ihnen auch nicht verhehlen, dass das Lesen Ihrer Schrift nicht ohne Schwierigkeiten für mich gewesen, und dass es mir bisjetzt noch nicht vollständig gelungen ist, mir eine ganz bestimmte und deutliche Ansicht über die eigentliche Tendenz derselben zu bilden. Gewünscht hätte ich auch, dass Sie sich weniger in philosophische Reflexionen eingelassen, und lieber nach Ihrem ersten Plane die Euklidische Form beibehalten hätten." — Möbius (1845, den Grassmann gebeten hatte, in irgendeinem kritischen Journal eine Anzeige seines Werkes zu übernehmen, mit der Bemerkung, dass niemand den dort niedergelegten Ideen näher stehe und daher das Werk besser zu beurtheilen im Stande sei als Möbius): „Hierauf erwidere ich, dass es in der That mich innigst gefreut hat, in Ihnen einen Geistesverwandten kennen zu lernen, dass aber diese Geistesverwandtschaft nur hinsichtlich der Mathematik, nicht auch in Beziehung auf Philosophie stattfindet; denn, wie ich Ihnen bereits mündlich erklärt zu haben mich erinnere, bin ich auf dem Felde der philosophischen Speculation von jeher ein Fremdling gewesen. Das philosophische Element Ihrer vortrefflichen Schrift, das doch dem mathematischen Elemente zu Grunde liegt, nach Gebühr zu würdigen, ja auch nur gehörig zu verstehen, bin ich daher unfähig, was ich auch genüglich daraus erkannt habe, dass bei den mehrfachen Versuchen, Ihr Werk uno tenore zu studiren, ich immer durch die grosse philosophische Allgemeinheit aufgehalten worden bin.... Nächst der grossen Vereinfachung der Methoden scheint mir ein Hauptgewinn darin zu bestehen, dass durch Ihre viel allgemeinere Auffassung der mathematischen Grundoperationen die Schwierigkeiten des Begriffs solcher Grössen, welche bei den, den synthetischen entgegengesetzten, analytischen Operationen zum Vorschein kommen (negative Grössen, Potenzen mit gebrochenen oder negativen Exponenten) beseitigt werden." — Noch acht Jahre später musste Möbius bekennen, Bretschneider in Gotha sei bisjetzt der einzige Mathematiker, den er kenne, der ihm versichert habe, dass er die „Ausdehnungslehre" durchgelesen. Er fügt aber, mit Rücksicht auf Grassmann's Plan, das Werk in einer „dem eigentlichen Mathematiker mehr zusagenden Form" zu bearbeiten, hinzu: „Ich bin innigst überzeugt, dass die Wissenschaft des Raumes dadurch einen grossen Gewinn erhalten würde."

Nach diesen Mittheilungen lässt sich der Eindruck des Buches auf das mathematische Publikum etwa so formuliren: Man ersah aus den Anwendungen der neuen Disciplin, dass dieselbe eine gewisse Bedeutung haben müsse, aber es fehlte entweder an Zeit oder Lust, an Muth oder Geschick, die Schwierigkeiten derselben zu überwinden, und vor allem begriff man nicht, warum zur Ableitung von (zum Theil!) so speciellen Resultaten, wie sie in den Anwendungen zu Tage traten, eine so allgemeine und abstracte Methode erforderlich sei. Der Weg zu diesen Resultaten durch die Ausdehnungslehre erschien, so kurz auch die letzte Strecke war, als ein ganz unverhältnissmässiger und mühsamer Umweg. — Dass es unter diesen Umständen schwer hielt, einen Recensenten für das Buch zu finden, wird niemand wundernehmen. Möbius lehnte aus den oben erwähnten Gründen ab und wandte sich zum Ersatz an Drobisch, den er vermöge seiner Qualität als Mathematiker und Philosoph für einen competentern Kritiker hielt, und der sich wenigstens nicht von vornherein einer Besprechung (im Gersdorf'schen „Repertorium") abgeneigt zeigte. Indess sollte auch diese Aussicht sich nicht verwirklichen. Gleichzeitig rieth Möbius zu einer Selbstanzeige in Crelle's Journal, in welcher besonders darauf aufmerksam zu machen wäre, was durch die neue Betrachtungsweise für die Wissenschaft gewonnen werde. Den gleichen Vorschlag machte auch Grunert, indem er für sein „Archiv" eine möglichst kurz gehaltene Darstellung der eigentlichen Principien der Ausdehnungslehre wünschte, an einigen einfachen Beispielen erläutert, und gleichzeitig auf den Nutzen einer derartigen Selbstanzeige für den Autor wie für das Publikum hinwies. Dieser letztern directen Aufforderung folgte Grassmann denn auch und lieferte eine Inhaltsangabe, die in Band 6 des „Archiv" abgedruckt wurde. Diese Selbstanzeige ist aber auch bis in die neueste Zeit das Einzige geblieben, was über das Buch gesagt wurde; nirgends ward es recensirt, nirgends in andern Werken erwähnt (ausgenommen eine Abhandlung von Kysäus: „Bedeutung und Anwendung der Zahlen in der Geometrie" (Siegen 1850), die von Grassmann in der Vorrede zur „Ausdehnungslehre" von 1862 erwähnt wird, die aber auch spurlos vorüberging). — Auch die oben mitgetheilten Urtheile mehrerer Mathematiker blieben ohne Nachhall; Möbius war der einzige, der wenigstens ein fortgesetztes Interesse für Grassmann's Arbeiten behielt und bei jeder Gelegenheit bemüht war, dasselbe zu bethätigen.

Ein nicht viel besseres Schicksal hatten übrigens auch andere verwandte Bestrebungen. Weder vermochte Möbius selbst durch die in seiner „Mechanik des Himmels" (1843) entwickelte und angewandte Addition der Strecken und durch ähnliche Arbeiten ein allgemeineres Interesse für die geometrische Analyse seines barycentrischen Calculs zu erwecken, noch hatte Bellavitis, der schon 1835 in den „Annali delle scienze del regno Lombardo-Veneto" mit seiner Aequipollenzen-Rechnung auftrat und dieselbe in spätern Aufsätzen vervollkommnete (dieselbe Zeitschrift, 1837. „Memorie del Istituto Veneto", 1843 und 1846, „Memorie della Società Italiana", Modena 1855 und 1859), namhaften Erfolg mit seinen Bestrebungen. Dasselbe gilt von der 1845 durch Saint-Venant („Comptes rendus", XXI, 620) gegebenen, mit der Grassmann'schen übereinstimmenden Multiplication der Strecken. — Es muss übrigens rühmend anerkannt werden, dass Bellavitis, obwol er noch die Schwierigkeiten der Sprache zu überwinden hatte, unverdrossen bemüht war, in das Wesen der Ausdehnungslehre einzudringen, dass er Grassmann's Urtheil über das Verhältniss ihrer beiderseitigen Richtungen einholte und auch in seinem Wirkungskreise auf die Bedeutung des Grassmann'schen Werkes aufmerksam zu machen suchte. Auf welche Weise Saint-Venant von der genauern Kenntniss der Grassmann'schen Bestrebungen fern gehalten wurde, wird sich weiter unten ergeben.

Grassmann erkannte schnell genug, dass seiner Arbeit der Erfolg mangeln würde, wenn er es nicht unternähme, Resultate daraus abzuleiten, welche die Wissenschaft positiv bereicherten. Er wählte hierzu den am meisten neue Ausbeute versprechenden Satz über die Erzeugung der Curven und Oberflächen (A_1 §§. 145—148) und zeigte, wie dieser Satz eine rein geometrische Construction aller algebraischen Curven enthalte, während die Steiner'sche projectivische Erzeugung nur die Kegelschnitte allgemein, von den übrigen Curven dagegen nur specielle Gattungen lieferte. („Grundzüge zu einer rein geometrischen Theorie der Curven", Crelle's Journal, Bd. 31, 1845.) Als Anwendung gab er drei allgemeine und eine specielle Erzeugungsweise der Curven dritter Ordnung, und für die erste derselben den Beweis der Allgemeinheit. Es verdient wohl bemerkt zu werden, dass diese wie alle spätern Abhandlungen, welche Grassmann zur Erläuterung der Ausdehnungslehre schrieb, in klarer, leichtverständlicher Darstellung wichtige Entdeckungen auf dem Gebiete der Geometrie vorführte, dass von den Principien der Ausdehnungslehre nur wenige, die Grassmann wiederholt erörterte, zum Verständniss nöthig waren, und dass aus der eclatanten Fruchtbarkeit schon dieser wenigen wol hätte ein Schluss auf den Werth der neuen Analysis gezogen werden können. Aber selbst jene erste Abhandlung blieb so unbeachtet, dass Plücker in Bd. 34 des Crelle'schen Journals (1847) behaupten konnte, es gebe noch keine allgemeine geometrische Definition der Curven dritter Ordnung, und daraus schloss, dass eine rein geometrische Behandlung dieser Curven zur Zeit noch unmöglich sei, während doch, eben noch nicht lange vorher, Grassmann die rein geometrische Darstellung nicht nur dieser, sondern aller algebraischen Curven gegeben hatte. — Natürlich machte Grassmann („Ueber die Erzeugung der Curven dritter Ordnung", Crelle's Journal, Bd. 36, 1848) wiederholt auf die von ihm gefundenen Erzeugungsweisen aufmerksam, und ergänzte jene erste Abhandlung dadurch, dass er den Beweis für die Allgemeinheit der zweiten und die Andeutung des Beweises für die Allgemeinheit der dritten gab. Später (1855) wurde Grassmann nochmals genöthigt, auf denselben Gegenstand zurückzukommen, als Bellavitis in einem Aufsatze der „Memorie del Istituto Veneto" die Allgemeinheit jener drei Erzeugungsweisen der Curven dritter Ordnung bestritten hatte. Grassmann gab darauf in dem Aufsatze „Die lineale Erzeugung von Curven dritter Ordnung" (Crelle's Journal, Bd. 52, 1856) noch den vollständigen Beweis für die Richtigkeit der dritten von ihm aufgestellten Erzeugungsweise und berichtigte die von Bellavitis begangenen Fehlschlüsse. (Dieser Aufsatz kam erst vier Jahre später zur Kenntniss von Bellavitis, der seinen Irrthum in einer Note des obengenannten Journals berichtigte.) Wenn nun schon so handgreifliche Entdeckungen, veröffentlicht in dem angesehensten mathematischen Journal Deutschlands, sich in solcher Weise durchkämpfen mussten, um überhaupt nur bemerkt und anerkannt zu werden, so ist es nicht wunderbar, dass die Ausdehnungslehre selbst mit ihrem für die meisten Mathematiker jener Zeit unfassbaren Charakter vollständig todtgeschwiegen wurde.

Inzwischen war allerdings noch ein Umstand eingetreten, von dem man eine Förderung der Sache hätte erwarten sollen. Gleich in dem ersten Schreiben, welches Möbius nach Empfang der „Ausdehnungslehre" an Grassmann richtete, konnte er ihm im Auftrage der Jablonowski'schen Gesellschaft das Thema einer neuen Preisaufgabe mittheilen, betreffend „Die Wiederherstellung und weitere Ausbildung des von Leibniz erfundenen geometrischen Calculs oder die Auffindung eines ihm ähnlichen Calculs".* Als Grassmann diesen Leibniz'schen, nur in den ersten Anfängen vorhandenen Calcul prüfte, bemerkte er, dass Leibniz selbst denselben nur als einen unvollkommenen Versuch betrachtete, der nur den Zweck hatte, zu zeigen, dass die ihm vorschwebende Idee einer rein geometrischen Analyse kein blosses Traumbild sei. Die Wichtigkeit aber und die ungeheuere Fruchtbarkeit einer derartigen Analyse hatte Leibniz selbst in so beredter Weise hervorgehoben, dass daraus deutlich zu erkennen war, wie er vorausahnend die ganze Tragweite einer Idee übersah, zu deren Ausführung es ihm an Mitteln gebrach. Gleichzeitig zeigte sich aber auch, dass die Ausdehnungslehre, geometrisch

---

* Dieser Leibniz'sche Calcul war, nachdem er schon der Vergessenheit anheimgefallen, zuerst wieder durch Uylenbroek in seinen „Hugenii aliorumque exercitationes mathematicae et philosophicae", Fasc. I, S. 9, und Fasc. II, S. 6 ans Licht gezogen worden.

aufgefasst, als eine Verwirklichung dieser Leibniz'schen Idee anzusehen war, da sie in der That alles das (und noch mehr) leistete, was Leibniz an seiner idealen Wissenschaft gerühmt hatte.* Diese hochinteressante Entdeckung, durch welche nebenbei der Ausdehnungslehre ein nicht unrühmlicher Pathenbrief ausgestellt wurde, verwerthete Grassmann in der Weise, dass er in seiner sogleich unternommenen Bearbeitung des Themas zeigte, wie man, von den Leibniz'schen Charakteristiken ausgehend, „bei consequenter Durchführung und Fortentwickelung, bei gehöriger Ausscheidung des Fremdartigen

---

* Leibniz äussert sich darüber folgerdermassen: „Je ne suis pas encor content de l'Algebre, en ce qu'elle ne donne ny les plus courtes voyes, ny les plus belles constructions de géometrie. C'est pourquoy lorsqu'il s'agit de cela, je croy qu'il nous faut encor une autre analyse proprement géometrique ou lineaire, qui nous exprime directement situm, comme l'Algebre magnitudinem" (Brief von 1679 an Huygens, Uylenbroek, a. a. O., Fasc. I., S. 9). Und weiter: „Cette nouvelle characteristique suivant des figures de vue, ne peut manquer de donner en même temps la solution et la construction et la demonstration géometrique, le tout d'une maniere naturelle et par une analyse, c'est à dire par des voyes determinées.... Mais l'utilité principale consiste dans les conséquences et raisonnemens, qui se peuvent faire par les operations des caractères, qui ne sçauroient s'exprimer par des figures..., au lieu que cette methode meneroit seurement et sans peine." Ferner über die Anwendung auf naturwissenschaftliche Gegenstände: „Je crois qu'on pourroit manier par ce moyen la mécanique presque comme la géometrie.... Cependant il y a quelque esperance d'y arriver (nämlich dazu, die innere Constitution der zusammengesetzten Stoffe zu erforschen), quand cette analyse veritablement géometrique sera établie." Ja selbst die Möglichkeit einer Anwendung auf nichträumliche Gegenstände wurde concipirt in den Worten: „Je n'ay qu'une remarque à ajouter, c'est que je vois, qu'il est possible d'étendre la characteristique jusqu'aux choses, qui ne sont pas sujettes à l'imagination, mais cela est trop important et va trop loin, pour que je me puisse expliquer ladessus en peu de paroles."

und Befruchtung durch die Ideen der geometrischen Verwandtschaften" zu den Principien der Ausdehnungslehre gelangte. Das war immerhin ein weiter Weg; denn von der analytischen Verknüpfung räumlicher Gebilde (die zuerst in Möbius' barycentrischem Calcul auftritt) findet sich bei Leibniz noch keine Spur. Indessen der Nachweis des Zusammenhanges gelang, Grassmann's Arbeit „Geometrische Analyse, geknüpft an die von Leibniz erfundene geometrische Charakteristik" erhielt am 1. Juli 1846 den Preis und erschien im folgenden Jahre im Buchhandel (Leipzig, Weidmann), begleitet von einer die Rechnungen mit Punktgrössen und Strecken darstellenden, erläuternden Abhandlung von Möbius. Aber auch diese Arbeit fand nirgends einen Widerhall, und die Jablonowski'sche Gesellschaft stand mit ihrer durch die Ertheilung des Preises und die damit verbundene Zuschrift bewiesenen Anerkennung* allein da.

Die natürliche Wirkung dieses Mangels an Erfolg auf rein mathematischem Gebiete war, dass in Grassmann's geistigem Leben die philosophische Richtung wieder in den Vordergrund trat. Schon 1845, gleich nach dem Erscheinen der „Ausdehnungslehre", finden wir ihn wieder mit Schleiermacher beschäftigt, dessen Aesthetik ihn zu eigenen Arbeiten auf diesem Gebiete anregte, und im folgenden Jahre mit der Hegel'schen Philosophie. Daneben hielt er im „Wissenschaftlichen Verein" Vorträge

---

* „Sie haben durch Ihre schöne Arbeit zur Erinnerungsfeier von Leibniz' Geburtstag einen sehr wesentlichen und wichtigen Beitrag geliefert. Mögen sich Ihre Erfindungen durch fruchtbare Anwendungen ferner bewähren und auch denen empfehlen, die vielleicht durch die abstract-philosophische Grundlage, die Sie der Darstellung derselben gegeben haben — sei es nun, dass Sie auf diesem Wege zu ihnen geführt worden sind, oder die Ableitung aus den höchsten dem Denken erreichbaren Principien für ein unerlässliches wissenschaftliches Erforderniss hielten — sich von dem Studium Ihrer Schriften haben abhalten lassen."

über die „Ausdehnungslehre" und über den „Chemismus oder das Leben der anorganischen Natur". (Die Chemie hatte nämlich einen neuen Reiz für ihn gewonnen, seit er den Unterricht in diesem Fache in der Prima erhalten und denselben in seiner originellen Weise neu organisirt hatte.*) — Die philosophischen Studien führten ihn in dieser Zeit in engern Verkehr mit seinem Bruder Robert, mit welchem zusammen er im Herbst 1846 die Aufgabe vornahm, die mathematischen Grundbegriffe einer genauen Revision zu unterwerfen, auf Grund deren eine neue, streng wissenschaftliche Behandlung der elementaren Mathematik unternommen werden sollte. Manche werthvolle Resultate wurden hierbei gewonnen, und es war dieser rege geistige Verkehr, dem man noch eine besonders nutzbringende Form zu geben wusste**, für Hermann Grassmann ein unschätzbarer Ersatz für den Mangel einer seine wissenschaftlichen Bestrebungen fördernden Umgebung und Amtsthätigkeit. Zu einer eigentlichen Verwerthung der so gewonnenen Resultate kam es aber fürs erste nicht, denn schon (1847) fingen die Wellen des öffentlichen Lebens an höher zu gehen, und auch Grassmann's Interesse wurde in den Strom der Politik gezogen, um demselben eine ganze Zeit lang ziemlich ausschliesslich zu folgen.

Es bildeten sich in Stettin verschiedene politische Kränzchen, an deren einem sich Grassmann lebhaft betheiligte, in seinen Ansichten fussend auf dem Studium von Schleiermacher's „Lehre vom Staate" und Dahlmann's „Politik". Die Richtung, welche die Bewegung

---

* Je drei Schüler bildeten einen Verein, dessen Mitglieder einen bestimmten Stoff in seinen Verbindungen selbständig darstellen und Vorträge darüber halten mussten.

** Abwechselnd wurde während einer Woche von dem einen Vortrag gehalten, von dem andern kritisirt, während sie in der folgenden Woche die Rollen vertauschten.

des Jahres 1848 nahm, misbilligte er gleich anfangs, und gab seiner Ansicht darüber namentlich in einem Artikel der „Vossischen Zeitung": „Die Früchte des Berliner Barrikadenkampfes" (der in fast alle grössern Blätter patriotischer Tendenz überging), unverhohlenen Ausdruck, während er gleichzeitig in der von ihm und seinem Bruder Robert gegründeten „Deutschen Wochenschrift für Staat, Kirche und Volksleben" seine positiven Ansichten über die deutsche Reichsverfassung („Deutschland unter Preussens Führung", „Erbliches Kaiserthum" u. s. w.) niederlegte und begründete. Schon nach den ersten sechs Nummern trat an die Stelle dieser Wochenschrift die auf breiterer Grundlage errichtete und in grösserm Stile durchgeführte, täglich erscheinende „Norddeutsche Zeitung für Politik, Handel und Gewerbe". (In der Ankündigung heisst es: „Es soll diese Zeitung die auf dem Boden der Sittlichkeit und des Gesetzes erwachsende, alle Theile des Landes und alle Zweige des Volkslebens durchdringende echte Freiheit zu ihrem Panier machen, und unter dieser Aegide allen revolutionären Gelüsten und jeder Hauptstadt-Despotie kräftig entgegenarbeiten.") Auch für diese Zeitung schrieb Hermann Grassmann anfangs noch zahlreiche Artikel; indess sagte diese Art der literarischen Thätigkeit, die zu sehr dem vorübergehenden Bedürfnisse des Tages, zu wenig den bleibenden Zielen der Wissenschaft diente, die ein rastloses statt eines ruhigen Schaffens forderte, und mit der er bei seiner Eigenart wol auch in der grossen, durch ihre Lage und ihre Interessen auf Berlin angewiesenen Stadt nicht den Beifall fand, der ihn zum Ausharren hätte ermuthigen können, ihm je länger desto weniger zu. Ueberdies musste ihm die Rückkehr von dem geräuschvollen Redactionsbureau zu dem Arbeitstische der stillen Studirstube um so verlockender erscheinen, da sich ihm zu Ende des Sommers 1848 die Aussicht auf Gründung eines eigenen Hausstandes und auf ein häusliches Glück eröffnete, für welches er mit seinem tiefen Seelenleben so ganz geschaffen war. Er verlobte sich mit Marie Therese Knappe, Tochter der verwitweten Frau Rittergutsbesitzer Knappe auf Altstorkow bei Nörenberg in Pommern. Im April 1849 fand die Hochzeit statt, und bald sammelte sich um die Aeltern ein glücklicher, zahlreicher Kreis von Kindern (im ganzen elf, noch lebend acht), für deren grosse und kleine Erlebnisse der Vater trotz seiner umfangreichen amtlichen und wissenschaftlichen Thätigkeit stets ein gleich wachsames und liebevolles Auge 'hatte.

Ganz und gar hatte übrigens während der politischen Episode die wissenschaftliche Arbeit Grassmann's nicht geruht; er gab 1848 im Verein mit seinem Bruder einen „Leitfaden der deutschen Sprache" und mit seinem Collegen W. Langbein ein „Deutsches Lesebuch" heraus. Sehr bald erhielt das Interesse Grassmann's für Sprachwissenschaft neue Nahrung und eine ganz bestimmte Richtung durch das zunächst nur der allgemeinen Belehrung wegen unternommene Studium von Bopp's „Vergleichender Grammatik" (1849). Wir haben oben schon aus der Art und Weise seines griechischen Privatunterrichts, aus seinen frühzeitigen Versuchen, die deutsche Grammatik wissenschaftlich darzustellen (welchen Versuchen sich 1843 auch ein Leitfaden für den ersten Unterricht in der lateinischen Sprache anreihte)*, ersehen können, wie wenig ihm die herkömmliche Art der grammatischen Darstellung behagte. — „Die Regeln der traditionellen Schulgrammatik, denen gleichsam selbstverständlich eine Fülle von Ausnahmen zu folgen pflegte, müssen für jeden mathematisch geschulten Verstand etwas Peinliches haben. Um so wohlthuender musste

---

* Darin ist unter anderm beachtenswerth die durch den Bindevocal vermittelte Ableitung der vier Conjugationen aus einem allgemeinen Conjugationstypus.

Grassmann von den Versuchen der Sprachwissenschaft berührt werden: statt praktischer Regeln wissenschaftliche Gesetze zu gewinnen. Namentlich musste ihn das Gebiet anziehen, auf welchem vor allem das Wirken bestimmter Gesetze erkennbar ist, die Lautlehre."* Das Interesse an Bopp's vergleichender Grammatik führte ihn alsbald zu einem ausgedehntern Studium auf diesem Gebiete. So kam er der Reihe nach zu Bopp's Sanskritgrammatik und seinem Glossar, studirte Gothisch, später Litauisch, Altpreussisch, Altpersisch, Russisch und Kirchenslawisch. Indessen betrieb er lange Zeit hindurch diese Studien mehr aus Liebhaberei und namentlich seit 1852 mehr der Erholung wegen.

Am 9. März 1852 starb sein Vater, und zu Johanni desselben Jahres trat Hermann Grassmann in die Stelle desselben als erster Mathematiker am Gymnasium ein und erhielt auch bald darauf den mit den sieben ersten Stellen herkömmlich verbundenen Professortitel. Das Einrücken in diese Stellung, welche er bis zu seinem Tode bekleidet hat, war auch äusserlich für Grassmann ein sehr vortheilhafter Uebergang. Denn die obern Stellen des Gymnasiums waren so vorzüglich dotirt, dass, als es sich im Jahre 1868 um die Einführung des preussischen Normaletats handelte, dieselbe eine nicht unbedeutende Verminderung der Gehälter dieser Stellen im Gefolge hatte.** Auch die Ascensionsaussichten waren günstig. In dieser Stellung nun wurde der Unterricht, den Grassmann zu geben hatte, ein einseitigerer als

---

* Delbrück's Nekrolog in der augsburger „Allgemeinen Zeitung", 1877, Nr. 291, Beilage.

** Um jedoch den Lehrern das von ihnen bezogene Gehalt nicht zu verkürzen, beliess man ihnen den Ueberschuss als persönliche Zulage und stellte es ihnen beim Avancement anheim, ob sie in die normalmässig dotirte höhere Stelle aufrücken wollten oder nicht.

vorher; es waren ausschliesslich mathematische und physikalische Stunden in den obern Klassen, die Vorbereitung für den neuen Unterricht erforderte ebenfalls viel Zeit, und da er überdies seit Anfang 1851 die auf die weitere Ausbildung und Nutzbarmachung der Ausdehnungslehre bezüglichen Arbeiten wieder aufgenommen hatte, so gerieth er in ein Uebermass mathematischer Arbeit, welches ihm die sprachwissenschaftlichen Studien zu einer angenehme Abwechselung bietenden Quelle der Erholung machte. — Weitere Folgen des Uebertritts in die neue Stellung waren die, dass er in die Leitung der von seinem Vater gegründeten Physikalischen Gesellschaft und in die eines Schüler-Gesangvereins eintrat, woraus sich nähere Beziehungen zu Collegen und Schülern entwickelten. Das erstgenannte Verhältniss regte ihn auch zu mannichfachen praktischen Arbeiten auf dem Gebiete der Physik an. Die wichtigste darunter ist die Herstellung eines durch äusserst geringe Reibung sich auszeichnenden Heliostaten auf neuem Princip. Dieses Instrument, zu welchem er sich das Modell selbst construirte, und welches er dann im Auftrage der Physikalischen Gesellschaft in Berlin ausführen liess, bewährte sich vortrefflich.*

Seine Hauptarbeit war, wie schon bemerkt, seit 1851 wieder auf die „Ausdehnungslehre" gerichtet. Im ersten Theile derselben (1844) war nämlich alles ausgeschlossen geblieben, was mit der drehenden Bewegung zusammenhing (daher der Titel „Lineale Ausdehnungslehre"). Alle diese Gegenstände sollten den Stoff zu einem zweiten Theile geben, und die wichtigsten derselben waren in einer kurzen Uebersicht schon in der Vorrede zum

---

* Dasselbe ist mit geringen Modificationen mehrfach vom Mechaniker Fuss in Berlin angefertigt worden, so z. B. für die neue Sonnenwarte bei Potsdam und das physikalische Institut in Berlin.

ersten Theile aufgezählt. Damals freilich, froher Hoffnungen voll, dachte Grassmann diesen zweiten Theil in einer mehr Musse bietenden Stellung ausführen zu können; er meinte*, dass es ihm bei den mannichfachen Arbeiten, in die sein damaliges Amt ihn verwickelte, unmöglich sei, diejenige Ruhe zu finden, welche für die Bearbeitung desselben nothwendig sei. Aber wir sahen, wie seine Hoffnung getäuscht wurde, wie der Miserfolg seines grossen Werkes ihn bei der Schulthätigkeit festgehalten hatte; er hatte sein vierzigstes Jahr vollendet, als er nach der politischen Episode zur wissenschaftlichen Thätigkeit zurückkehrte, länger konnte er nicht auf bessere Zeiten warten; darum ging er, wenn auch nicht unter bessern Umständen als damals (die sich nach seinem Uebertritt zum Gymnasium, wie wir sahen, noch ungünstiger gestalteten), an die Ausarbeitung des zweiten Theiles, indem er jede Gelegenheit, welche der Stoff ihm bot, benutzte, um seine Methoden durch Ableitung neuer, wichtiger Resultate dem mathematischen Publikum in Erinnerung zu bringen. Seine Studien traten in eine Periode grösserer Concentration, und bis 1860 (zwei Jahre vor dem Erscheinen des zweiten Theils der „Ausdehnungslehre") sind nur mathematische Publicationen von ihm zu verzeichnen. Aber nur langsam schritt unter der Wucht des Amtes die Hauptarbeit vorwärts, während in den vier Jahren 1851—54 zehn grössere und kleinere Abhandlungen in Crelle's Journal (die sich sachlich an die oben erwähnten anschlossen) die handgreiflichsten Beweise von der Fruchtbarkeit der Ausdehnungslehre auf geometrischem Gebiete gaben, und gleichzeitig Grassmann's Erfindungskraft und seine Fähigkeit, mit Sicherheit und Eleganz in neue Gebiete der Geometrie einzudringen, unter geschickter Anwendung seiner Methoden neue Resultate abzuleiten, aufs

---

* A_1, S. XIV.

glänzendste bethätigten. Zuerst gab er eine Ergänzung seines allgemeinen Satzes über die Erzeugung der Curven, indem er zeigte, dass jede algebraische Curve auf die in jenem Satze angegebene Weise erzeugt werden könne. (Bd. 42, S. 187.) Dann zeigte er, dass die Beziehungen der Perspectivität und Projectivität, wie sie durch Steiner behandelt wurden, ein unmittelbarer Ausfluss seiner geometrischen Analyse seien (Bd. 42, S. 193), und wandte seine Betrachtungen zur Ableitung der Theorie der Curvenbüschel an. Denselben Gegenstand behandelte er im folgenden Aufsatze (Bd. 42, S. 204) vom Gesichtspunkte der Functionsverknüpfung und stellte dadurch den Zusammenhang der Plücker'schen Methode mit der seinigen fest. Dann gab er im Anschluss an die früher dargestellte Erzeugung der Curven dritter auch diejenige der Curven vierter Ordnung durch Bewegung gerader Linien. (Bd. 44, S. 1.) Von der Theorie der Curven zu der der Oberflächen übergehend, stellte er den entsprechenden allgemeinen Satz über die Erzeugung aller algebraischen Oberflächen auf (Bd. 49, S. 1), und zeigte gleichzeitig, dass jede algebraische Oberfläche sich in dieser Weise construiren lasse. Nachdem er alsdann die Grundsätze der für specielle Untersuchungen auf diesem Gebiete unentbehrlichen stereometrischen Multiplication aufgestellt hatte (Bd. 49, S. 10), betrachtete er die verschiedenen Arten der linealen Erzeugung (S. 21) und wandte die gewonnenen Resultate auf die Theorie der geradlinigen Oberflächen zweiter (S. 37) und der Oberflächen dritter Ordnung (S. 47) an.

Um diese Zeit (1853) entwickelte sich auch nach längerer Pause wieder ein lebhafterer brieflicher Verkehr zwischen Grassmann und Möbius. Den Anlass bot eine krystallographische Arbeit, welche Möbius an Grassmann sandte, von dem er wusste, dass er wie sein Vater sich mit diesem Gegenstande früher beschäftigt hatte. Möbius beglückwünschte Grassmann, dass er von der

Politik, die ihn („auf eine für seine Individualität freilich unbegreifliche Weise") der Mathematik entfremdet hätte, zu dieser wieder zurückgekehrt wäre. Die Aufsätze Grassmann's in Crelle's Journal vor und nach dieser Periode hätten sein Interesse und seine volle Bewunderung erregt. Wiederholt sprach Möbius den Wunsch aus, dass Grassmann bald Zeit finden möge, die „Ausdehnungslehre" in der neuen, einfachen, dem Mathematiker mehr zusagenden Form zu bearbeiten. Weitere Gegenstände des Gedankenaustausches waren unter anderm: die von Möbius aufgestellte Kreisverwandtschaft und die Grassmann'sche syncyklische Verwandtschaft. Gleich in einem der ersten Briefe dieser Epoche konnte übrigens Möbius von einem Falle berichten, in welchem die „Ausdehnungslehre von 1844", wenigstens dem Anschein nach, eine Anregung gegeben hatte. Im Jahre 1845 hatte nämlich, wie oben erwähnt, Saint-Venant in den „Comptes rendus" eine mit der Grassmann'schen identische geometrische Multiplication der Strecken aufgestellt, und Grassmann, der Saint-Venant's Adresse nicht kannte, infolge dessen zwei Exemplare der A_1 an Cauchy gesandt, mit der Bitte, eins davon an Saint-Venant abzugeben. Letzterer hatte indessen nur den für ihn bestimmten Brief erhalten, auf welchem die das beifolgende Packet betreffende Bemerkung ausgestrichen war, sodass Saint-Venant glauben musste, Grassmann habe die Absendung desselben überhaupt unterlassen. Saint-Venant, der sich schon seit 1832 mit den Ideen beschäftigt hatte, die ihn schliesslich zu seiner Streckenmultiplication führten, und den es ungemein interessirte, in Grassmann einen Geistesverwandten zu erkennen, blieb gleichwol auch für die Folge auf einige der kleinern Schriften angewiesen, die ihm Grassmann durch buchhändlerische Vermittelung zugehen liess; denn von der Existenz der beiden oben erwähnten Exemplare erfuhr er nichts. So hatte er schliesslich die ganze Sache aus den Augen verloren. Dagegen hatte Cauchy die beiden Exemplare mit Nutzen studirt. Denn er veröffentlichte (worauf Möbius jetzt Grassmann's Aufmerksamkeit lenkte) in den „Comptes rendus", XXXVI, 70, 129, 161 eine Methode zur Lösung algebraischer Gleichungen und verwandter Probleme, die mit der in der A_1 §. 45, 46, 93 dargestellten völlig übereinstimmte. Nur die „ursprünglichen Einheiten" Grassmann's waren zu „clefs algébriques" geworden, und der Erfinder dieser Metapher hatte den Erfinder der Methode zu nennen vergessen. Grassmann richtete infolge dessen eine Prioritäts-Reclamation an die pariser Akademie; allein die Commission, welcher diese Reclamation zur Prüfung und Berichterstattung übergeben wurde, schwieg sich ebenso wie Cauchy aus. Diese Abhandlungen Cauchy's sind (wie Grassmann selbst in der Vorrede zum zweiten Theile der „Ausdehnungslehre", S. IX, bemerkt) die einzigen, welche ausserhalb des Gebiets der Geometrie einen Berührungspunkt mit der A_1 darbieten. Infolge dieser Veranlassung schrieb Grassmann die classische Abhandlung „Sur les différents genres de multiplication" (Crelle's Journal, XLIX, 123), die Günther („Zeitschrift für mathematischen und naturwissenschaftlichen Unterricht", VIII,57) „ein rechtes Cabinetsstück Grassmann'scher Feinsinnigkeit" nennt. Hierin werden aus allgemein gestellten Bedingungen 16 Multiplicationsgattungen abgeleitet, aus diesen durch Specialisirung der Bedingungen 8 circuläre, und aus diesen wieder durch analoges Verfahren 4 lineale Multiplicationen ausgeschieden. Diese Arbeit ist um so wichtiger, da sie in überzeugendster Weise die volle Gleichberechtigung der verschiedenen von Grassmann eingeführten Operationen mit der algebraischen Multiplication darthut.

Inzwischen musste das langsame Fortschreiten des neuen Werkes mehr als je in Grassmann den Wunsch erregen, seine arbeitsreiche und wissenschaftlich isolirte Schulstellung mit einer solchen zu vertauschen, die ihm einerseits mehr Musse für seine eigenen Arbeiten gewährte, andererseits ihn mit dem wissenschaftlichen Leben der Gegenwart in nähere Berührung brächte. Auch musste er, im frischen Bewusstsein dessen, was die Geometrie schon durch seine mehr gelegentlichen Arbeiten in Crelle's Journal gewonnen, mehr als früher das Gefühl haben, dass der Platz, auf welchen seine Begabung und seine Arbeitskraft ihm Anspruch verliehen, da sei, wo er seine neuen Methoden einem Kreise von Zuhörern vorzutragen Gelegenheit fände, nicht da, wo nur pädagogisches Geschick erforderlich war, eine Arbeit zu thun, die in ihrer Beschränkung auf das Elementare, in dem geringen Spielraum, den sie der selbständigen Gestaltung bot, und der aus beiden Momenten erwachsenden Einförmigkeit dem Fluge des schaffenden Geistes beständige Bleigewichte anhängte. Es ist kein Vorwurf für eine Thätigkeit, wenn dieselbe zu ihrer gedeihlichen Durchführung nicht gleich eine Kraft ersten Ranges erfordert, und der höhere Jugendunterricht steht so hoch im Ansehen, wie man es nur wünschen kann; aber es ist doch nicht zu leugnen, dass die Förderung der Wissenschaft eine höher stehende Arbeit ist, weil sie nicht nur der Gegenwart, sondern aller Zukunft directen Nutzen gewährt, nicht einem kleinen Kreise, von dem nach kurzer Zeit nicht wenige Mitglieder zeigen, dass die auf sie verwendete Arbeit zum Theil vergeblich war, sondern der grossen Gemeinde aller derer, welche der Wissenschaft zugethan sind, sie zu schätzen und Nutzen aus ihr zu ziehen wissen, vor allem aber, weil sie eine schaffende und nicht blos reproducirende Thätigkeit ist. Es ist also eine Verschwendung und ein Misbrauch geistiger Kraft, wenn eine zur Lösung höherer Aufgaben berufene Capacität im Banne einer geringern und geringere Kraft beanspruchenden Arbeit festgehalten wird. Dies musste auch Grassmann fühlen. Er hatte eingesehen, dass sein erstes grösseres Werk noch nicht geeignet gewesen war, von dem, was er wollte und was er konnte, ein vollständiges Bild zu geben. Aber die lange Reihe der geometrischen Abhandlungen in Crelle's Journal sollte, so durfte er wol hoffen, die Aufmerksamkeit derer auf ihn lenken, welche berufen sind, darüber zu wachen, dass jede Kraft an ihren rechten Platz gestellt werde. Man hatte Steiner gefunden, warum sollte man Grassmann nicht finden? Aber man fand ihn nicht.

So blieb denn Grassmann in Stettin, wirkte in seinem Berufe weiter und arbeitete an dem zweiten Theile der „Ausdehnungslehre", nebenbei auch mit seinem Bruder zusammen an dem „Lehrbuch der Arithmetik", welches der erste Theil der vor zehn Jahren in Aussicht genommenen, oben erwähnten „Elementar-Mathematik" sein sollte. Erholung in den Sommerferien suchte Grassmann theils im ländlichen Aufenthalte zu Storkow, oder in dem am Ufer der Oder unterhalb Stettin malerisch gelegenen Frauendorf, theils durch wiederholte Reisen nach der Schweiz. Im Jahre 1860 erschien, gleichsam als Vorläufer der Ausdehnungslehre, das „Lehrbuch der Arithmetik". Ein Vorläufer der „Ausdehnungslehre" ist es zu nennen erstens, weil es die in der neuen Bearbeitung derselben vorausgesetzten Elemente der Arithmetik enthält, zweitens wegen der Methode der Darstellung. Man bemerkt, wenn man die Reihe der Grassmann'schen Schriften verfolgt, nicht ohne Ueberraschung in diesem Buche eine gegen früher gänzlich veränderte Art der Behandlung des Gegenstandes. Die Schärfe der Begründung, die früher ein ungezwungenes Resultat der lichtvollen Gedankenentwickelung des Autors gewesen war, wird hier in der consequenten Anwendung eines strengen Beweisverfahrens gesucht, das allerdings seine Dienste überall leistet, aber an die Stelle der freien, der Natur jedes Gegenstandes angepassten Behandlung einen Mechanismus setzt, wol geeignet, mechanische Köpfe zufrieden zu stellen, aber an selbständiges Denken gewöhnte Geister gründlich abzuschrecken. Man muss sich nun freilich erinnern, dass eine derartige Behandlungsweise gerade im Plane des ganzen die Elemente betreffenden Unternehmens lag. Das Verdienstliche derselben in rein wissenschaftlicher Hinsicht ist ebenfalls anzuerkennen, und auch anerkannt worden (z. B. in Schröder's „Lehrbuch der Arithmetik und Algebra" [Leipzig 1873], S. 51). Jedenfalls aber erwies sich diese Methode gerade für Zwecke des Unterrichts als wenig geeignet, und der Anspruch, welchen die Vorrede (in welcher eine H. Grassmann sonst völlig fremde Zuversichtlichkeit im Ton und Schärfe im Ausdruck herrscht) stellt, dass diese Methode die einzige strenge sei, ist wol zu weitgehend. Unglücklicherweise hatte sich Grassmann mit dem Gedanken vertraut gemacht, auch bei der neuen Ausarbeitung der „Ausdehnungslehre" den Schritt von der äussersten Freiheit der mathematischen Darstellung, wie sie in dem Werke von 1844 vorherrscht, zur äussersten Gebundenheit zu thun. (Daran war vielleicht besonders die von Möbius und Grunert ausgesprochene Abneigung gegen die philosophische Form und die von letzterm ausgegangene Empfehlung der euklidischen Form schuld gewesen.) Und während die wenigen Mathematiker, welche sich für das Zustandekommen des neuen Werkes interessirten, auf eine Darstellung im Stile der Abhandlungen in Crelle's Journal hofften, unternahm Grassmann die Riesenarbeit, auch den ersten Theil seines Werkes, die Ausdehnungslehre von 1844, in die Zwangsjacke der euklidischen Form zu pressen, den spröden Stoff in die denkbar unbequemste Form umzugiessen, und den zweiten Theil in derselben Form darzustellen. So entstand die „Ausdehnungslehre von 1862". Grassmann hebt in der Vorrede (die übrigens an Ruhe und Haltung durchaus wieder derjenigen von 1844 ebenbürtig ist) als Vorzug der neuen Bearbeitung die strenge mathematische Form hervor. Diese Form sollte dem Buche Freunde unter den Mathematikern gewinnen. Welch ein Irrthum! Niemand hatte dem ältern Werke eine Ungenauigkeit oder Flüchtigkeit vorgeworfen. Waren etwa einzelne Lücken vorhanden, so hätten sich dieselben ausfüllen lassen, ohne den Plan des Ganzen zu ändern. Mehr Anwendungen, mehr Erläuterung durch Beispiele, das that noth! Nun sorgte allerdings die neue Bearbeitung reichlich für dieses Bedürfniss. Obwol alle Anwendungen auf Physik und andere Zweige der Naturwissenschaft diesmal fehlten, so entwickelte sich durch die Vervollständigung des Werkes ein Reichthum von fruchtbaren Keimen im Gebiete der Geometrie und der höhern Analysis, welcher selbst denjenigen mit Staunen erfüllen musste, der schon aus dem ersten Werke einen Begriff von der Fruchtbarkeit der neuen Disciplin erhalten hatte. Die geometrischen Anwendungen waren bedeutend vermehrt, die geometrischen Operationen nach mannichfachen Richtungen weiter ausgebildet, und ein neuer, weit über die Hälfte des Werkes umfassender Abschnitt „Functionenlehre" zog ein in der ersten Bearbeitung noch gar nicht berührtes Gebiet, das der algebraischen Functionen, der unendlichen Reihen, der Differential- und Integralrechnung, in den Kreis der Betrachtung. Wenn es nach der frühern Bearbeitung scheinen konnte, als seien die geometrischen Anwendungen der Ausdehnungslehre nur dazu bestimmt, mit der synthetischen Geometrie zu wetteifern, so trat jetzt erst der universelle Charakter dieser Anwendungen ins Licht, indem nicht nur die analytische Geometrie, sondern auch die ihr zu Grunde liegende Analysis selbst reformirt wurde. Hier lagen die Keime der Determinantentheorie, der neuern Algebra, und zahlreiche andere, die der Entwickelung noch harren. Aber welche Mühe kostete es, sich bis zu diesen Anwendungen hindurchzuarbeiten! Statt der zusammenhängenden Entwickelungen des ersten Theiles fand man den Stoff in unvermittelte Sätze und Erklärungen zerstückt, deren Nutzen und Bedeutung man erst spät einsah, hinter jedem Satze einen Beweis, der sich manchmal über mehrere Seiten erstreckte, der auf die mannichfachsten frühern Sätze zurückgriff, und nicht nur durch die Verschlingungen des Gedankenganges, sondern auch durch die dem Leser ungewohnten Kunstausdrücke und Operationen unbequem wurde. Das Verständniss eines einzelnen solchen Beweises erforderte mitunter fast ebenso viel Anstrengung als dasjenige eines ganzen Kapitels der „Ausdehnungslehre von 1844". Vor allem aber hatte bei der neuen Bearbeitung die Uebersicht über das Ganze erheblich gelitten. Allerdings trat die Anwendung der neuen Operationen, also das eigentliche Rechnen und das eigentlich Charakteristische der Ausdehnungslehre, mehr in den Vordergrund, als in dem frühern Werke; aber man befreundete sich nicht mit ihnen, weil ihre Vortheile durch die Last der Beweisführungen erdrückt wurden. Wahre Oasen in dieser euklidischen Wüste sind die grössern erläuternden Anmerkungen, in denen Grassmann seine eigenartige klare Darstellung walten liess. Grassmann war sich der Nachtheile der von ihm gewählten Darstellung wohl bewusst. Er sagt in der Vorrede (S. IV): „Auch die neue Methode ist an sich keineswegs der ältern vorzuziehen, da vielmehr die bis auf die ersten Ideen hinabsteigende und von hier aus ganz unabhängig fortschreitende Methode der ersten Bearbeitung tiefer in das Wesen der Sache hineinführt, und daher in rein wissenschaftlicher Beziehung entschiedene Vorzüge vor der letztern hat. Diese dagegen wird auf der andern Seite für den Mathematiker, der die anderweitig gewonnenen Schätze mathematischen Wissens bei seinen Studien nicht gern müssig liegen sieht, annehmlicher und jedenfalls leichter verständlich sein. So ergänzen und erläutern sich beide Darstellungen gegenseitig." Inhaltlich ist dies in der That der Fall. Denn die allgemeinen Ideen des ersten Theiles finden in den rechnerischen Ausführungen des zweiten ihre Ergänzung. Aber dass statt der philosophisch freien Form des ersten Theils nicht die mathematisch freie Form der Behandlung gewählt wurde, wie sie in allen Abhandlungen und Lehrbüchern über höhere Mathematik in jener Zeit schon allgemein üblich war, sondern die euklidische Form, die nur noch in Schulbüchern ihre Herrschaft geltend machte, darin lag ein Misgriff, der nur daraus zu erklären ist, dass Grassmann in seiner Vaterstadt nicht genügend Gelegenheit hatte, sich mit Mathematikern von Fach über sein Werk und die zweckmässigste Form der Bearbeitung desselben auszusprechen, und dass die wenigen Mathematiker, welche ihre Wünsche hinsichtlich einer andern Darstellung geäussert hatten, die Bedeutung des Werkes für die höhere Mathematik nicht erkannten. Da Grassmann für das akademische Publikum schrieb, so war die ältere Form der Darstellung die richtigere; die von ihm gewählte neuere dagegen musste in einer Zeit, die bereits an die Darstellungen von Steiner, Plücker, Hesse und andere von ähnlicher Eleganz gewöhnt war, von vornherein das grösste Vorurtheil erwecken. Vorausahnend schloss er die Vorrede dieses Werkes mit den Worten: „Und dennoch bin ich an dies neue Werk, welches das alte in sich aufnehmen und zum Abschlusse bringen sollte, mit frischem Muthe herangegangen. Denn ich bin der festen Zuversicht, dass die Arbeit, welche ich auf die hier vorgetragene Wissenschaft verwandt habe, und welche einen bedeutenden Zeitraum meines Lebens und in demselben die gespannteste Anstrengung meiner Kräfte in Anspruch genommen hat, nicht verloren sein werde. Zwar weiss ich wohl, dass die Form, die ich der Wissenschaft gegeben, eine unvollkommene ist und sein muss. Aber ich weiss auch und muss es aussprechen, auch auf die Gefahr hin, für anmassend gehalten zu werden, ich weiss, dass, wenn auch dies Werk noch neue 17 Jahre oder länger hinaus müssig liegen bleiben sollte, ohne in die lebendige Entwickelung der Wissenschaft einzugreifen, dennoch eine Zeit kommen wird, wo es aus dem Staube der Vergessenheit hervorgezogen werden wird und wo die darin niedergelegten Ideen ihre Frucht tragen werden. Ich weiss, dass wenn es mir auch nicht gelingt, in einer bisher vergeblich von mir ersehnten Stellung einen Kreis von Schülern um mich zu sammeln, welche ich mit jenen Ideen befruchten und zur weitern Entwickelung und Bereicherung derselben anregen könnte, dennoch einst diese Ideen, wenn auch in veränderter Form, neu erstehen und mit der Zeitentwickelung in lebendige Wechselwirkung treten werden. Denn die Wahrheit ist ewig, ist göttlich; und keine Entwickelungsphase der Wahrheit, wie gering auch das Gebiet sei, was sie umfasst, kann spurlos vorübergehen; sie bleibt bestehen, wenn auch das Gewand, in welches schwache Menschen sie kleiden, in Staub zerfällt."

Nun, fürs erste liess es sich in der That so an, als ob auch dieses Werk spurlos vorübergehen werde. Hatte die „Ausdehnunglehre von 1844" durch ihre philosophische Form auch denen, welche sich nicht damit befreunden konnten, wenigstens einen gewissen Respect eingeflösst, so blieb das in dem veralteten Gewande euklidischer Darstellung erscheinende neue Buch geradezu unbeachtet; ja, der Rückschritt in der Form, der viel auffälliger war als die ausserordentliche Bereicherung des Inhaltes, diente nur dazu, die neue Disciplin vollends in Miscredit zu bringen. Es liegt nur ein einziges Urtheil über dieses Werk vor, dasjenige Grunert's. Aber der Erfolg, oder vielmehr Nichterfolg, den das Buch hatte, gestattet den Schluss, dass Grunert's Ansicht sich mit derjenigen der übrigen Mathematiker, die dasselbe zur Hand nahmen, begegnete. Grunert schreibt (Mitte 1862), er erkenne

Grassmann's reines wissenschaftliches Streben vollkommen an, und fährt dann fort: „Damit ist es aber sehr wohl vereinbar, dass ich z. B. in Ihrer Ausdehnungslehre oder Ihren Arbeiten über die sogenannte extensive Grösse keinen eigentlichen wissenschaftlichen Fortschritt erkennen, von derselben keine erspriesslichen Früchte für die Wissenschaft erwarten kann, so sehr ich auch Ihren dabei an den Tag gelegten Scharfsinn ehre." Aus diesen Gründen lehnte Grunert es auch ab, eine Recension des Buches zu veranstalten, stellte aber Grassmann anheim, wieder, wie früher, eine Selbstanzeige zu liefern. Natürlich machte Grassmann unter diesen Umständen von dem Anerbieten keinen Gebrauch; es erschien überhaupt weder im „Archiv" noch sonst irgendwo eine Recension oder Anzeige des Buches.

Unmittelbar nach dem Erscheinen desselben that Grassmann Schritte, um eine akademische Stellung zu erhalten; konnte er sich doch jetzt auf sein vollendetes Werk und auf die Reihe von einzelnen mathematischen Arbeiten berufen, welche anerkanntermassen die Wissenschaft erheblich gefördert hatten. Er wandte sich in dieser Angelegenheit an den damaligen Minister von Bethmann-Hollweg, und erhielt den Bescheid, dass er (der Minister) diesen Wunsch, wenn sich eine geeignete Gelegenheit darbiete, gern in Erwägung nehmen werde, dass er jedoch Grassmann schon jetzt darauf aufmerksam machen müsse, dass die Besoldung derartiger Universitätsstellen hinter dem Betrage seiner jetzigen Einnahme zurückstehe. Es muss hier gleich bemerkt werden, dass Grassmann, um nur den Wunsch seines Lebens der Verwirklichung näher zu führen, zu Opfern in dieser Richtung ebenso bereit war wie zu dem Entschlusse, seine Vaterstadt definitiv zu verlassen. Wie sehr musste er seiner Wissenschaft zugethan sein, um sich mit dem Gedanken vertraut zu machen, dieser Stadt den Rücken zu wenden, die nach dreiundfunfzigjährigem, fast ununterbrochenem Aufenthalte ihn mit zahllosen Banden der Freundschaft und des Interesses an sich fesselte! Leichter musste es ihm natürlich fallen, sein Amt mit dem eines akademischen Lehrers zu vertauschen. Denn bei aller Liebe und Hochachtung, die seine Schüler ihm zollten, musste diese Stellung, die er doch immer nur als Uebergangsstadium zu einer höhern betrachtet hatte, die seiner Befähigung und Neigung mehr entspräche, auf die Dauer einen immer grössern Druck auf ihn ausüben. Während nämlich im allgemeinen das heranrückende Alter dem, welcher jahrzehntelang die Pflichten seines Amtes mit Eifer und Hingebung erfüllt hat, manche Erleichterungen verschafft, so fiel diese Epoche bei Grassmann gerade in eine Zeit, wo der Satz, dass die Kraft eines Lehrers wesentlich im Dienste der Schule ausgenutzt werden müsse, und dass wissenschaftliche Nebenbeschäftigung nur, solange sie direct das Interesse der Schule fördere, wünschenswerth sei, anfing, praktische Bedeutung zu erlangen. Es war der Geist des Militarismus, der vom Exercirplatze der Körper in die Schulstube der Geister eindrang, der in „Dienstinstructionen" für die Lehrer, in kleinlicher Minutenkrämerei, im reglementsmässigen Einexerciren der Pensa seine Triumphe feierte und in dem Lehrer nur noch den Unteroffizier der Geister sah. In solchem Zeitalter würde es Grassmann selbst dann, wenn seine wissenschaftlichen Verdienste in weitern oder engern Kreisen Anerkennung gefunden hätten, schwer geworden sein, eine Modificirung seiner Amtsthätigkeit im Interesse seiner wissenschaftlichen Arbeiten zu erlangen. Aber was man nicht genug bewundern kann, weder seine Kraft noch seine Neigung, der Wissenschaft zu dienen, erlahmte jemals. Mit jugendlicher Elasticität unternahm er immer wieder neue Arbeiten, mit der Ruhe des Weisen und der ungetrübten Heiterkeit eines reinen Gemüthes überwand er alle die kleinen und grossen Unannehmlichkeiten, welche die Aussenwelt ihm bereitete; er trug den Frieden in sich, den ein makelloses, stets nur den besten, reinsten und höchsten Zielen gewidmetes Leben ihm verliehen hatte. Er hoffte und harrte, aber er murrte nicht.

Der Miserfolg seines neuen Werkes konnte Grassmann nicht lange verborgen bleiben. Auch die Gelegenheit, welche der Minister von Bethmann-Hollweg in Aussicht genommen hatte, um Grassmann's Aussichten in Erwägung zu ziehen, kam nicht; statt dessen kam das Ministerium Mühler. In immer weitere Ferne sah Grassmann das Traumbild seiner Jugend rücken, er sah es endlich im Nebel zerfliessen. Seit er die Ueberzeugung von der Erfolglosigkeit seiner neuen langjährigen Arbeit erlangt hatte, gab er die Beschäftigung mit der Mathematik im wesentlichen auf. Wer möchte es ihm verdenken! Eine lange Reihe von Jahren hatte er fast ausschliesslich Mathematik in der Schule, Mathematik zu Hause getrieben, und jene nicht etwa mechanisch und handwerksmässig, sondern mit immer Neues erfindender, immer verbessernder Kraft. Von dieser aber war nichts weiter auf dem Markte der Wissenschaft in Umlauf gekommen als die nach Grassmann benannte Erzeugung der Flächen dritter Ordnung. Er bedurfte anderer Arbeit, er bedurfte des Erfolges. Und so begann der dreiundfunfzigjährige Mann ein zweites Leben mit frischer Kraft und neuem Muthe, wie einer, der eben erst aus der Schule in die Arena der Wissenschaft tritt. Er widmete fortan seine ganze Kraft den Sanskritstudien. Hatte ihn auch sein Genie auf andere Bahnen gewiesen, Bahnen, die er verlassen musste, weil die Mitwelt ihm nicht zu folgen vermochte — hier konnte wenigstens sein Talent noch Früchte tragen. Mit schwerem Herzen legte er die grossen Werke beiseite, die niemand würdigte, um seinen Zeitgenossen die kleinern zu bieten, welche auf Anerkennung mehr Aussicht hatten.

An mathematischen Arbeiten erschien bis 1872 nur noch das „Lehrbuch der Trigonometrie", 1865 (als Fortsetzung der „Arithmetik" von 1860), ein Schulprogramm „Grundriss der Mechanik für den Unterricht in Prima", 1867, und einige kleinere, meist aus Anregungen des Unterrichts hervorgegangene Aufsätze in Grunert's Archiv.* Alle diese Arbeiten (bis auf die Programmabhandlung) haben mit der „Ausdehnungslehre" nichts mehr zu thun.

---

* „Lösung der Gleichung $x^3 + y^3 + z^3 + u^3 = 0$ in rationalen Zahlen." „Bildung rationaler Dreiecke." „Angenäherte Construction von π." (1868). „Elementare Lösung der Gleichung vierten Grades" (1870).

III. Grassmann als Philolog.

Was Grassmann den Entschluss, sich ganz der Sprachwissenschaft zu widmen, bedeutend erleichterte, war der Erfolg, den seine ersten, in Kuhn's „Zeitschrift für vergleichende Sprachwissenschaft" 1860 und 1862 erschienenen Abhandlungen bereits gehabt hatten. Ueber diese wie über die spätern Arbeiten Grassmann's auf demselben Gebiete sagt Delbrück (mit welchem Grassmann in dauerndem Verkehr stand) a. a. O.: „Fragt man sich, was diese Arbeiten, deren erste noch in der Anwendung der Wahrscheinlichkeitsrechnung ein später aufgegebenes mathematisches Residuum zeigt, vor andern auszeichnet, so ist es nicht die Tiefe und Weite der Gelehrsamkeit (denn er arbeitete mit wenig Büchern), auch nicht die Beweglichkeit einer wissenschaftlich geschulten Phantasie (denn etymologische Funde sind in ihnen so gut wie nicht vorhanden) — sondern es ist die Helligkeit des Nachdenkens, das in alle Winkel des Gegenstandes eindringt, die Beharrlichkeit, mit welcher dem Stoff so lange zugesetzt wird, bis er sich die einfachste Formulirung des Gesetzes hat abringen lassen; es ist die Unermüdlichkeit der mathematischen Abstraction, die in diesen Aufsätzen vorzugsweise zur Erscheinung kommt. Die linguistischen Studien führten ihn alsbald zu neuen Arbeiten, zu den beiden Werken, die seinen Namen in den beiden letzten Jahren besonders bekannt gemacht haben, dem Wörterbuch zum Rig-Veda und der Uebersetzung des Rig-Veda.* Es konnte Grassmann nicht entgehen, wie wichtig bei allen sprachvergleichenden Untersuchungen eine tiefere Kenntniss der ältesten indischen Sprache sei, und er entschloss sich, mit jener Unverdrossenheit, die ihn auszeichnete, sich in den Hymnen der Vedas einheimisch zu machen, ein Unternehmen, zu dem ihm im Jahre 1861 nur der erste Band des Aufrecht'schen Textes und kaum die Hälfte des grossen Böhtlingk-Roth'schen Wörterbuches zu Gebote standen. Dass es dem Funfzigjährigen in so hohem Masse gelungen ist, mit diesen Hülfsmitteln so ausserordentlicher Schwierigkeiten Herr zu werden, muss jeden in Erstaunen setzen, der die Widerspenstigkeit dieser Texte aus eigener Erfahrung kennt. Zugleich ist es merkwürdig zu sehen, wie es ihm immer mehr gelingt, seine mathematische Denkweise unter dem Druck einer philologischen Aufgabe umzugestalten. Mit erfinderischer Klugheit hatte Grassmann sein Wörterbuch in origineller Weise derartig angeordnet, dass es gelingen muss, jede Form und die derselben an jeder Stelle von dem Verfasser beigelegte Bedeutung mit dem geringsten Zeitaufwand zu finden. Aber diese Anordnung des Stoffes barg doch auch eine eigenthümliche Gefahr, indem sie voraussetzt, dass der behandelte Text auch wirklich vollständig verstanden sei. Diese Voraussetzung ist aber, so könnte man sagen, unphilologisch, da es auf historisch-philologischem Gebiete keine definitiven Lösungen, sondern nur stets erneuerte Lösungsversuche gibt. In der That darf man auch behaupten, dass das erste Heft des Wörterbuches sich vor allem durch die grammatische Zerfaserung des Sprachstoffes auszeichnet, also mehr linguistisches als hermeneutisches Verdienst besitzt. Je mehr

---

* Ersteres erschien in 6 Lieferungen 1872—75, letztere in 2 Bänden 1876—77, beide bei F. A. Brockhaus in Leipzig.

aber die Arbeit, unterstützt durch die ihrem Verfasser allmählich zuströmenden Hülfsmittel, namentlich das in gleichmässiger Schnelligkeit fortschreitende Böhtlingk-Roth'sche Wörterbuch, sich dem Ende nähert, desto philologischer wird die Behandlung, und es ist im hohen Grade bezeichnend, dass dem Lexikon nicht, wie ursprünglich beabsichtigt war, die Grammatik, sondern die Uebersetzung nachfolgte. Mir ist durch Aeusserungen Grassmann's bekannt, dass er sich zur Herausgabe einer Uebersetzung gerade deshalb sittlich verpflichtet fühlte, weil er es für nothwendig fand, das Wörterbuch nach der Seite der Interpretation hin zu ergänzen. So ist es ihm unter angestrengtester Aufbietung seiner geistigen Kraft, die uns ebenso sehr durch Ausdauer wie durch Geschmeidigkeit Bewunderung abzwingt, gelungen, zwei eng verbundene grosse Werke fertig hinzustellen, die für lange Zeit ein wichtiges Werkzeug zur Bekämpfung der Schwierigkeiten des Veda sein werden."

Mitten in diese sprachwissenschaftliche Thätigkeit fiel plötzlich eine ebenso unerwartete wie uneingeschränkte, begeisterte Anerkennung der Ausdehnungslehre. Hermann Hankel, damals Privatdocent in Leipzig, hatte, angeregt durch Riemann's Vorlesungen, den Plan gefasst, die Fundamente der Lehre von den Complexen gründlich und zusammenhängend aufzubauen, und war bei sorgfältiger Umschau auf dem Gebiete des in dieser Richtung bereits Geleisteten zuletzt auch auf die Ausdehnungslehre aufmerksam geworden, von der er sogleich erkannte, dass sie den Begriff der complexen Zahl in der grössten denkbaren Allgemeinheit erfasste. Er trat, zunächst um einige zweifelhafte Punkte zu erledigen, in Correspondenz mit Grassmann (Ende 1866) und wünschte namentlich eine recht kurze Ableitung des Multiplicationstheorems der Determinanten, und eine Ableitung der Formeln der sphärischen Trigonometrie von ähnlicher Kürze, wie sie aus den Hamilton'schen Quaternionen sich ergab. „Denn", fügte er hinzu, „es ist bisher immer unter den Mathematikern Gebrauch gewesen, die Bedeutung eines neuen Zweiges zunächst danach zu beurtheilen, mit welcher Leichtigkeit er die schon bekannten Theoreme beweist und analoge Sätze gleichsam freiwillig liefert." In diesen Briefen Hankel's spricht sich ebenso wie in allen den Stellen seines Buches*, wo er die Stellung der Ausdehnungslehre zu den verwandten Bestrebungen auf dem Gebiete der complexen Grössen charakterisirt (man sehe namentlich S. 16 und 140), eine aufrichtige Bewunderung aus. So heisst es an einer Stelle: „Ich habe vor Ihrem mathematisch-philosophischen Geiste gewaltigen Respect." Und dann, als er um Grassmann's Urtheil über sein Buch bat: „Nur Sie haben in den einschlägigen Fragen den allgemeinen Standpunkt eingenommen, von dem sie allein ohne Vorurtheil und Leichtfertigkeit behandelt werden können. Nur etwa der nun verstorbene Hamilton kann hierin mit Ihnen wetteifern.... Empfängt mein Buch Ihre Billigung, so werde ich, im Bewusstsein, die wissenschaftliche Forschung um einen wesentlichen Schritt auch objectiv gefördert zu haben, mit Gleichmuth die vornehme Ignoranz und das Todtschweigen ertragen, was mir ebenso wenig zu leiden erspart bleiben wird als Ihnen." Diese Aussicht widersprach allerdings der im ersten Briefe geäusserten Hoffnung, dass die Aufnahme der Grundzüge der Grassmann'schen Lehren in sein Buch den am Ende der Vorrede der A_2 geäusserten Wunsch verwirklichen werde. Und in der That, manche ungünstige Umstände verhinderten, dass der von Hankel mit Lebhaftigkeit aufgenommene Verkehr so fruchtbringend wurde, wie man es nach diesem Anfange hätte erwarten sollen. Erstlich war Grassmann gerade um diese Zeit, wie wir gesehen haben, in weitabliegende Studien

---

* „Theorie der complexen Zahlensysteme" (Leipzig 1867).

vertieft, und daher wol nicht disponirt, mit gleichem Eifer auf Hankel's Ideen einzugehen, obwol die wenigen Briefe Hankel's (es sind im ganzen fünf) eine Reihe interessanter und anregender Fragen zur Sprache brachten, so z. B. über die Bedeutung der complexen Zahlen in der Chemie, über den Functionsbegriff u. s. w. Dann schwebte ein besonderer Unstern über der von Grassmann auf Hankel's Wunsch für das Grunert'sche Archiv gelieferten Recension. Das zu Pfingsten 1867 an Grassmann abgesandte Exemplar des Buches hatte Grassmann nicht erhalten, mit Warten auf beiden Seiten verging die Zeit bis September. Als endlich die Recension Anfang März 1868 an Grunert abging, erklärte dieser, dieselbe nicht so schnell aufnehmen zu können, und rieth, sie eventuell anderweitig unterzubringen. Nun geschah aber weder das letztere noch das erstere, nicht einmal das Manuscript erfolgte zurück, und inzwischen war die geeignete Zeit vorübergegangen. Endlich aber leistete Hankel's Buch selbst für die Ausdehnungslehre nicht das Erwartete. Hankel hoffte, wie oben erwähnt, dieselbe durch sein Buch einzuführen. Aber die Lobsprüche, die er ihr zollte, so aufrichtig sie auch gemeint und so warm sie ausgesprochen waren, konnten hierzu nicht genügen. Es bedurfte dazu der Herstellung einer engen Verbindung zwischen der Ausdehnungslehre und den Lehren der modernen Wissenschaft, und diese wurde von Hankel nicht einmal versucht. Bewegte sich doch seine eigene Untersuchung auf einem der deutschen Wissenschaft wenigstens damals sehr fremden Boden. Zudem konnte alles Lob und alle Begeisterung, mit welcher Hankel von Grassmann's Arbeiten sprach, dem Leser doch nicht über die Thatsache hinweghelfen, dass der die Grassmann'sche äussere Multiplication darstellende Abschnitt über die alternirenden Zahlen (S. 119 —140), der einzige, welcher sich ausführlicher mit Grassmann'schen Ideen beschäftigt, sich unter den übrigen dargestellten Methoden verhältnissmässig unfruchtbar ausnahm, namentlich gegenüber der ausführlicher behandelten Theorie der Quaternionen. Ueberhaupt beruhte Hankel's Lob der Ausdehnungslehre auf einem ziemlich einseitigen Interesse, welches ihn die wahre Stellung derselben zu den von ihm ausserdem dargestellten Theorien nicht erkennen liess. Hankel interessirte sich vor allem für die Verallgemeinerungen des Operationsbegriffes, also für das rein Formelle der Ausdehnungslehre, hatte auch nach der Anlage seines Buches keine Veranlassung, die geometrischen Anwendungen anders als zum Zwecke der Verdeutlichung zu benutzen, und so erlangte der Leser des Hankel'schen Buches eine nichts weniger als vollkommene Anschauung von den Vorzügen der Ausdehnungslehre. In der That verging nach dem Erscheinen des Hankel'schen Buches eine weitere Reihe von Jahren, ohne dass irgendein Zeichen auf ein vermehrtes Interesse für die Ausdehnungslehre gedeutet hätte. Aber auch das Hankel'sche Werk blieb ein Torso, dessen Bedeutung in der Zukunft vermuthlich am meisten in den auf sorgfältigsten und umfassenden Quellenstudien beruhenden historischen Abschnitten gefunden werden wird. So ging denn diese so viel versprechende Episode ohne nachhaltigen Erfolg für die Ausdehnungslehre vorüber.

Eine Ueberraschung anderer Art brachte der Schluss des Jahres 1868. Wir haben gesehen, wie Grassmann auf die Erfüllung seines Lieblingswunsches, eine akademische Thätigkeit zu erlangen, allmählich verzichten lernte. Da eröffnete sich plötzlich noch einmal die Aussicht auf nahe Verwirklichung desselben. In Greifswald war die zweite ordentliche Professur für Mathematik vacant geworden, und Grunert säumte nicht, Grassmann hiervon in Kenntniss zu setzen und durch detaillirte Rathschläge sich ihm nützlich zu erweisen. Materiell betrachtet war die Aussicht, die sich Grassmann hier eröffnete, keine glänzende, denn die greifswalder Professur war um circa 500 Thlr. schlechter dotirt als seine damalige Gymnasialstelle. „Aber dennoch", schrieb Grassmann, „werde ich dies Opfer gerne bringen, da es sich darum handelt, eine Stellung zu gewinnen, welche meinen Wünschen und Neigungen, und, wie ich glaube sagen zu dürfen, der ganzen Richtung, welche meine geistige Entwickelung genommen hat, so vollkommen entspricht." Die Facultät indess war anderer Meinung, und das einstige Versprechen des frühern Ministers erwies sich unwirksam, weil Grassmann beim Warten auf die verheissene Gelegenheit nicht umhin gekonnt hatte, sich der Schwelle des Greisenalters zu nähern.

Grassmann blieb also wiederum in Stettin und arbeitete an seinem Rig-Veda-Wörterbuch weiter. Inzwischen war aber allmählich noch ein anderes kleineres Werk entstanden („Deutsche Pflanzennamen", 1870), in welchem er seine durch langjährige Studien gewonnenen umfassenden Sprachkenntnisse für einen praktischen Zweck verwerthete. Es handelt sich darin um die Einführung deutscher Namen für alle auf deutschem Boden wachsenden Pflanzen. Solche Namen stellte Grassmann fest in gemeinsamer Arbeit mit seinem Bruder Robert und seinem Schwager, dem Botaniker C. Hess. Rector der Ottoschule, und unternahm alsdann die ausführliche sprachwissenschaftliche Begründung, die mit Benutzung einer umfangreichen Literatur und oft unter Heranziehung aller indogermanischen Sprachzweige ausgeführt wurde. Die 801 Artikel des Buches repräsentiren eine Summe von gründlicher Gelehrsamkeit, wie sie auf so kleinem Raume wol selten gefunden wird. Ueber die Schwierigkeit der Aufgabe äussert sich Grassmann selbst in der Vorrede folgendermassen: „Wenn ich hier nicht überall das Richtige mag getroffen haben, so wird die Schwierigkeit des Gegenstandes mich hinreichend entschuldigen. Denn ich sollte mich mit dieser Untersuchung hineinbegeben in ein bisher fast unbetretenes Gebiet der Sprachforschung, auf welchem, wie in einem Urwalde, oft die wunderlichsten Schlingpflanzen seltsamer Wortgestalten dem Vordringen auf jedem Schritte die grössten Schwierigkeiten entgegenstellen. Zu den Schwierigkeiten, die sonst schon bei der vergleichenden Sprachforschung, namentlich auf einem Gebiete, wo so leicht die ursprüngliche Bedeutung entschwindet, hervorzutreten pflegen, gesellen sich hier noch die mannichfachsten Entstellungen und Verzerrungen des Wortes, die oft in allmählichem Uebergange bis zur vollkommenen Unkenntlichkeit fortschreiten, und dazu noch häufig die phantastischsten Umdeutungen, die der unverstandene Name sich muss gefallen lassen, um sich an Begriffe anzufügen, die dem Bewusstsein näher lagen*... Bei solchen Schwierigkeiten wäre es daher sehr erwünscht gewesen, alle von andern gelegentlich geäusserten Ansichten über die Herleitung der Pflanzennamen zur Hand zu haben; allein diese finden sich so zerstreut und oft so mit scheinbar ganz fern liegenden Untersuchungen verwoben, dass diese Aufgabe fast eine unendliche zu nennen ist; es kann daher nicht fehlen, dass mir manche wichtige Ansicht auf diesem Gebiete entgangen ist und ich hier und da in Irrthümer verfallen bin. Aber ich habe mich wenigstens überall ernstlich bemüht, auf festem Boden zu bleiben und mich nicht durch den Reiz glänzender Hypothesen verlocken zu lassen." Unter den in der Einleitung zusammengestellten Principien ist das wichtigste dieses, dass jeder Gattungsname das Gepräge eines einfachen Wortes tragen soll**, dessen Zu-

---

* Man sieht hieraus, dass Grassmann schon damals auf diesem speciellen Gebiete die heute so beliebt gewordenen Untersuchungen über „Volksetymologie" durchführte.

** Grassmann kommt mit dieser Anforderung dem Instinct des Volkes sehr richtig entgegen, welcher trotz der Fähigkeit der

sammensetzung mit einem andern einfachen Worte den
Namen einer Art liefert. Da übrigens die systematische
Anordnung sich eng an die weitverbreitete „Flora" von
Garcke anschliesst, so wäre die Einführung dieser
Namen, bei deren Herstellung alles Volksthümliche geschont ist, leicht zu bewirken.

In diese Zeit fällt auch eine vorübergehende Berührung zwischen Grassmann und Clebsch. Letzterer war
durch die persönliche Bekanntschaft mit Grassmann's
ältestem Sohne (von Ostern 1878 an Gymnasiallehrer in
Stettin), welcher damals in Göttingen Mathematik studirte, auch dem Verfasser der „Ausdehnungslehre" näher
getreten und hatte erfahren, dass dieser sich seit Jahren ganz von der Mathematik zurückgezogen habe. Im
Februar 1871 erfolgte dann Grassmann's Ernennung
zum correspondirenden Mitgliede der Göttinger Gesellschaft der Wissenschaften.* Aber der in dieser Ernennung liegenden Aufforderung, seinen mathematischen
Studien sich wieder zuzuwenden, konnte Grassmann
vorläufig nicht nachkommen, um so weniger, da die
umfangreiche Arbeit des Wörterbuchs sich endlich
ihrem ersehnten Ende näherte. Im Jahre 1872 war
diese Arbeit im wesentlichen beendet und erschien im
Laufe der folgenden drei Jahre im Druck. Im Herbste
desselben Jahres besuchte Grassmann die Philologenversammlung in Leipzig. Hier lernte er fast alle die
Sprachforscher persönlich kennen, mit denen er früher
oder später in Berührung trat. Der Verkehr unter denselben war ein so ungezwungener und freundschaftlicher,

---

deutschen Sprache zur Bildung von Zusammensetzungen bei Neubildungen sogar ein einfach klingendes, wenn auch zusammengesetztes Fremdwort einem offenbar zusammengesetzten deutschen Worte vorzieht.

* Seit 1867 war Grassmann auch Mitglied der Naturforschenden Gesellschaft in Halle.

als hätte man sich bereits seit Jahren gekannt. Und so kam es, dass diese leipziger Tage für Grassmann vielleicht die glücklichsten und heitersten seines spätern Lebens gewesen sind. Dasselbe Jahr bezeichnet aber auch das Ende jener Periode, wo Grassmann sich ausschliesslich den sprachlichen Studien hingab. Wenn es auch nach beendigtem Druck des Wörterbuchs hauptsächlich die Uebersetzung des Rig-Veda war, die Grassmann in seinen letzten Lebensjahren beschäftigte, so war doch sein Herz nicht mehr so ungetheilt bei dieser Arbeit wie bei der vorhergehenden. Nur weil es im Plane seines ganzen Unternehmens lag, auf das Wörterbuch noch Uebersetzung und Grammatik folgen zu lassen (nur die Uebersetzung ist noch vollendet worden), blieb er einer Arbeit treu, welche er, namentlich in den letzten Jahren, gern mit Erneuerung seiner mathematischen Studien vertauscht hätte. In der That wandte er sich, so oft es eben anging, dieser Beschäftigung wieder zu, und eine Reihe bedeutender und interessanter Resultate bezeichnet diesen letzten Abschnitt seiner mathematischen Thätigkeit und seines Lebens.

Die unmittelbare Veranlassung dieses Umschwunges war der Umstand, dass endlich der Werth und die Bedeutung der „Ausdehnungslehre" anfing, in nachdrücklicherer Weise anerkannt und hervorgehoben zu werden, als es bisher geschehen war. Zwar waren die Bemerkungen, welche Clebsch in seiner Gedächtnissschrift für Plücker S. 8 und 28 in den Anmerkungen niederlegte, sehr aphoristischer Natur*; aber im Munde einer solchen

---

* Sie lauten: „Leider sind die schönen Arbeiten dieses höchst bedeutenden Geometers noch immer wenig gekannt, was wol hauptsächlich dem Umstande zuzuschreiben ist, dass in der Darstellung Grassmann's diese geometrischen Resultate als Corollare viel allgemeinerer und sehr abstracter Untersuchungen auftreten, die in ihrer ungewöhnlichen Form dem Leser nicht unerhebliche

Autorität gewannen sie doch Bedeutung und zeigten wenigstens, dass die rechtzeitige Berücksichtigung der Grassmann'schen Arbeiten für die Entwickelung der modernen Wissenschaft von Nutzen gewesen wäre. In demselben Jahre erschien mein „System der Raumlehre", welches sich die Aufgabe stellte, die wesentlichen Begriffe und Operationen der Ausdehnungslehre an den Gebilden der elementaren Geometrie vorzuführen, und dabei von den Vortheilen dieser Behandlungsweise einen Begriff zu geben.* Es war auch für die Wissenschaft

---

Schwierigkeiten bereiten." Ferner: „In gewissem Sinne sind die Coordinaten der geraden Linie, wie überhaupt ein grosser Theil der Grundvorstellungen der neuern Algebra, bereits in Grassmann's «Ausdehnungslehre» (1844) enthalten."

* Des Zusammenhanges wegen muss ich an dieser Stelle über meine eigenen Beziehungen zu Grassmann berichten. Bereits im Herbst 1866, wo ich als zweiter Mathematiker an das Marienstifts-Gymnasium kam, war ich mit Grassmann bekannt geworden, dessen gastliches Haus dem jüngern Collegen in der liebenswürdigsten Weise sich öffnete, wie denn auch die gemeinsame Schulthätigkeit innerhalb derselben Specialfächer zahlreiche Berührungspunkte darbot, wobei mich oft das Geschick Grassmann's, den Unterricht in fruchtbare und praktische Formen zu bringen, mit Bewunderung erfüllte. Da jene Zeit unsers Zusammenseins in seine Sanskritperiode fiel und ich selbst durch die Anforderungen des Amtes vollständig in Anspruch genommen wurde, so bewegte sich unser wissenschaftlicher Verkehr auf leichterm Gebiete und betraf meist nur solche Gegenstände, wie sie Grassmann in jener Zeit im Grunert'schen Archiv behandelte. Von der Ausdehnungslehre war fast gar nicht die Rede; höchstens dass Grassmann mir gelegentlich an einer einfachen Construction einzelne Grundgedanken derselben begreiflich zu machen suchte und so in mir den Entschluss hervorrief, mich, wenn es die Zeit gestatten würde, gründlicher mit dem Gegenstande zu beschäftigen. Erst zwei Jahre später, als ich meine stettiner Stellung mit einer mehr Musse gewährenden vertauscht hatte, begann ich mich mit der Ausdehnungslehre zu beschäftigen und, seit 1869, diese Studien in der oben erwähnten Weise zu verwerthen. Ende 1871 hatte mir

der Ausdehnungslehre ein harter Schlag, dass Clebsch, der so vorurtheilsfrei über dieselbe dachte, gerade zu der Zeit starb, als der erste Schritt in der von ihm angedeuteten Richtung geschah, und als Grassmann selbst für seine Schöpfung sich wieder zu interessiren anfing. Nur der erste von zwei Aufsätzen, welche Grassmann für die Göttinger Gesellschaft der Wissenschaften bestimmt hatte („Zur Theorie der Curven dritter Ordnung", „Götting'sche Nachrichten", 1872, S. 505), kam noch Clebsch zu Händen. Der zweite („Ueber zusammengehörige Pole und ihre Darstellung durch Producte", a. a. O., S. 567), welcher die Theorie der Pole und Polaren nach den Methoden der Ausdehnungslehre darstellte, und die vorzügliche Brauchbarkeit derselben zur kürzesten Ableitung neuer Resultate recht augenfällig demonstrirte, erreichte denjenigen nicht mehr, welcher diese Vortheile am besten gewürdigt, am competentesten beurtheilt haben würde. Die auf der Mathematikerversammlung in Göttingen (1873, welcher Grassmann leider wegen geschwächter Gesundheit nicht beiwohnen konnte) gewonnenen Eindrücke befestigten in mir die Ueberzeugung, dass es, um eine richtige Würdigung der Ausdehnungslehre in den Kreisen der Mathematiker zu erzielen,

---

Clebsch seine Ansicht über die „Ausdehnungslehre" und über die wünschenswertheste Art und Weise, sie verständlicher zu machen, mitgetheilt. Er sprach sein lebhaftes Interesse für ein derartiges Unternehmen aus, dessen Zustandekommen er als äusserst wünschenswerth bezeichnete. Auch auf den vermuthlichen Zusammenhang der Ausdehnungslehre mit der neuern Algebra wies er hin. Da jedoch meine Arbeit bereits nahezu vollendet war, so konnte ich damals diesen Zusammenhang um so weniger berücksichtigen, als derselbe dem Plane meiner Arbeit fern lag. Dagegen hatte ich bereits 1871 in einer Programmabhandlung: „Untersuchungen über eine Fläche dritter Ordnung mittels der Grassmann'schen Ausdehnungslehre", ein Beispiel von der Verwendung ihres Calculs zur Lösung einer Aufgabe der höhern Geometrie gegeben.

nöthig sei, nicht nur dieselbe zugänglicher zu machen, sondern auch zu zeigen, dass sie nicht, wie man vielfach annahm, durch die Methoden der modernen Geometrie und Algebra überholt und überflüssig gemacht sei, sondern dass sie auch diesen Methoden gegenüber noch heutzutage einen Fortschritt repräsentire. Während ich in diesem Sinne die „Elemente der modernen Geometrie und Algebra" (erschienen 1875) bearbeitete, beschäftigte sich auch Grassmann in den seltenen Mussestunden, welche sein Amt und seine Sanskritarbeiten ihm übrigliessen, mit der modernen Algebra und publicirte 1874 in dem Aufsatze „Die neuere Algebra und die Ausdehnungslehre" („Mathematische Annalen", VII, 538) eine zu mannichfacher Weiterforschung anregende Untersuchung von jener fundamentalen Bedeutung, wie sie die meisten seiner mathematischen Arbeiten charakterisirt.* Grassmann's geniale Kraft bewährte sich eben darin, dass er nicht nur diese einfachsten aller Methoden fand, sondern auch, wo der Fortschritt der Wissenschaft die weitere Ausbildung derselben nach irgendeiner Richtung forderte, stets mit sicherm Blick diese Ausbildung wieder in der einfachsten Weise ausführte.

---

* Es muss bei dieser Gelegenheit bemerkt werden, dass der in dieser Arbeit aufgestellte Fundamentalsatz über die Reduction der Covarianten auf Stammformen sich allerdings, wie ein Referent bemerkte, auch ohne die Hülfsmittel der Ausdehnungslehre leicht beweisen lässt. Indess beruht die Stärke der letztern gerade darin, dass sie, vermöge ihrer der Natur des Gegenstandes stets aufs genaueste sich anschmiegenden Methoden, neue Resultate, die auf andern Wegen nur mühsam oder zufällig gefunden werden, mit Leichtigkeit und systematisch liefert. Wenn die Untersuchungen und ihre Resultate sich hinterher in die Sprache, resp. Symbolik der synthetischen Geometrie oder der modernen Algebra umsetzen lassen, so wird man doch nicht wol diejenige Methode, welche diese Resultate zuerst und am naturgemässesten lieferte, deswegen für überflüssig erklären.

Durch Clebsch waren noch manche andere Mathematiker, welche mit ähnlichen Problemen beschäftigt waren, wie sie Grassmann in der „Ausdehnungslehre" behandelte, auf sein Hauptwerk aufmerksam gemacht worden und traten mit ihm in Verkehr; so Klein hinsichtlich der Curventheorie, Lie hinsichtlich der Integration der Differentialgleichungen. Auch sonst fing das Interesse an der Ausdehnungslehre an, allmählich in weitere Kreise zu dringen. In einem Schulprogramm („Die vier Species in den Elementen der Geometrie", 1874) machte A. Noth in Freiberg den Versuch, die Lehren der darstellenden Geometrie auf Grund der Ausdehnungslehre zu behandeln; in einer Abhandlung der „Annali di Matematica" („Sulle forze in equilibrio", 1876, S. 217) wandte Sturm diese Methode zur Ableitung von Sätzen der Mechanik an, und betrat damit ein für die Anwendung der Ausdehnungslehre besonders fruchtbares Gebiet. Inzwischen hatte Grassmann nach Beendigung des Wörterbuchs zum Rig-Veda, welches die beifälligste Aufnahme fand, sofort die Uebersetzung des Rig-Veda begonnen, die ihn bis 1877 anhaltend beschäftigte. So benutzte er zu weitern mathematischen Arbeiten auch ferner im ganzen nur die für seine geistige Diät unentbehrlichen Pausen in seiner grössern Arbeit. In den Jahren 1875 und 1876 beschäftigte er sich mit der Theorie der Curven vierter Ordnung, doch ohne dass seine Arbeit zu einem rechten Abschlusse kam.

Im Jahre 1876 fing seine bis dahin feste Gesundheit an zu wanken. Zwar erschienen seine Züge eher gealtert, als es meist der Fall zu sein pflegt; aber sein Aussehen hatte sich in den letzten zehn Jahren nur wenig verändert, und die jugendliche Frische seines Geistes, die Ruhe und Heiterkeit seines Gemüthes, die ihn nie verliessen, liessen jeden, der mit ihm verkehrte, die Zahl seiner Jahre vergessen. Einen mehrwöchentlichen Urlaub, verbunden mit den Sommerferien, benutzte er, um am Strande der Ostsee, in dem idyllischen Badeorte Heringsdorf, wo er schon mehrmals Erholung gesucht hatte, seine Kräfte wiederherzustellen. (Grössere Reisen hatte er seit 1868 nicht mehr gemacht. Eine 1870 projectirte Rheinreise unterblieb des Krieges wegen. Nur 1873 besuchte er noch den Westen Deutschlands.) Doch war der Erfolg nur ein scheinbarer, da ein organisches Leiden (Herzfehler) zu Grunde lag, gegen welches schliesslich die Kunst des Arztes sich machtlos erwies. Aber gleichsam, als hätten die unser Schicksal lenkenden unsichtbaren Mächte nur auf diese Zeit gewartet, um den Abend seines Lebens zu verschönen und ihn für die mannichfachen Enttäuschungen seines Lebens zu entschädigen: in dem Masse, in welchem seine irdische Hülle fortfuhr, dem rastlosen Geiste ihre Dienste zu versagen, mehrten sich Anerkennung und Dank für die Gaben, welche dieser reiche Geist der Mit- und Nachwelt geboten hatte.

Es wird nach den über die Aufnahme, welche seine Werke fanden, gemachten Mittheilungen nicht wundernehmen, dass es zuerst die Orientalisten waren, welche Grassmann als den Ihrigen begrüssten, und auch äussere Zeichen der Anerkennung fanden für die Verdienste, welche er sich um ihre Wissenschaft erworben hatte. Die American Oriental Society ernannte ihn 1876 zum Mitgliede, die philosophische Facultät der Universität Tübingen in demselben Jahre zum Doctor honoris causa („qui raro hac aetate exemplo Mathematicae peritiam conjunxit cum scientia rerum philologicarum et in utroque studiorum genere scriptor extitit clarissimus, maxime vero acutissima vedicorum carminum interpretatione nomen suum reddidit illustrissimum"). Es scheint, dass Clebsch schon Ende 1871 beabsichtigte, eine Auszeichnung der letztern Art für Grassmann in Anregung zu bringen; wenigstens lässt sich eine briefliche Aeusserung von ihm: „dass wahrscheinlich sich sehr bald eine seit einiger Zeit in Aussicht genommene Gelegenheit finden werde, Herrn Grassmann auch ein äusseres Zeichen der Anerkennung zukommen zu lassen", kaum anders deuten. Die Früchte der „Ausdehnungslehre" reiften aber nicht so rasch. Zwar hatten bereits 1874 Freunde von Clebsch gelegentlich der Darlegung seiner wissenschaftlichen Arbeiten („Mathematische Annalen", VII, 1) die Beziehungen der Grassmann'schen geometrischen Arbeiten zu den Leistungen der Zeitgenossen in den Umrissen und in sachgemässer Weise dargestellt; doch war dies nur eine jener vereinzelten Anerkennungen, wie sie oben schon mehrfach erwähnt wurden. Der erste Mathematiker, welcher dauerndes Interesse an der „Ausdehnungslehre" nahm, und an den Bestrebungen, dieselbe dem mathematischen Publikum zugänglicher zu machen, war Professor Günther in Ansbach, und der erste Gelehrte, welcher die Methoden der „Ausdehnungslehre" in umfangreicherer Weise zur Ableitung neuer Resultate benutzte, war der Professor der Physiologie W. Preyer in Jena.

Um diese Zeit (1876) mehrte sich auch die Nachfrage nach der „Ausdehnungslehre von 1844", die gegen alle Erwartung als vergriffen bezeichnet wurde. Bald stellte sich aber heraus, dass der Verleger schon vor zwölf Jahren die ganze Auflage des Buches, nach welchem in den 21 Jahren seit seinem Erscheinen wenige oder keine Nachfrage gewesen war, bis auf einen geringen, nunmehr verkauften Rest, hatte makuliren lassen. Das also war das Schicksal jenes Buches gewesen, von dessen Erfolge Grassmann sich eine dem reinen Dienste der Wissenschaft gewidmete Zukunft versprochen hatte, jenes Buches, in welchem Grassmann „eine Reihe sehr umfassender Ideen concipirte, welche der Process allgemeiner geometrischer Entwickelung erst in der Zwischenzeit ausgebildet, zum Theil aber noch gar nicht berührt hat".* Dreissig Jahre waren nöthig gewesen, bis ein hervorragendes mathematisches Fachjournal es ausspracht, dass diese Arbeiten für die Geometrie äusserst wichtig seien, und dass Grassmann sich damit ein ausserordentliches Verdienst erworben habe. Und nun war das Buch vergriffen. So kam Grassmann's Todesjahr heran, ein Jahr körperlichen Leidens, aber auch ein Jahr des Erfolges, wie er noch keins erlebt hatte. Es war, als ob alle die Lichtstrahlen, die sein Geist in der langen Reihe von Jahren nach den verschiedensten Richtungen ausgesandt hatte, nun zu seinem Haupte zurückkehrten, um dasselbe mit einer unvergänglichen Aureole des Ruhmes zu umgeben. Und er selbst trat in diesem Jahre noch mit einer Reihe von Arbeiten aus fast allen Gebieten seiner umfangreichen Studien an die Oeffentlichkeit.

Bereits im Jahre 1845 hatte Grassmann in den Poggendorff'schen Annalen (LXIV, 1) eine „Neue Theorie der Elektrodynamik" veröffentlicht, in welcher er Zweifel an der Richtigkeit der Ampère'schen Grundformel über die gegenseitige Einwirkung zweier Stromtheile erhob und derselben eine neue, einfachere Formel gegenüberstellte, auch einen praktischen Versuch vorschlug, der über die Richtigkeit der einen oder der andern Theorie entscheiden würde. Es ist zu beachten, dass auch in dieser Untersuchung die Anwendung der Principien der Ausdehnungslehre die Formelrechnung auf ein Minimum reducirte. Aber kein Physiker nahm Notiz von dieser Formel, keiner machte den entscheidenden Versuch. Erst im Jahre 1876 gelangte Clausius, von wesentlich andern Gesichtspunkten ausgehend, zu derselben Formel wie Grassmann, ohne zunächst diese Uebereinstimmung zu bemerken. Hieraus nahm Grassmann Veranlassung, in einer neuen Abhandlung „Zur Elektrodynamik" (Bor-

---

* „Mathematische Annalen", VII, 12.

chard's Journal, LXXXIII, 57, 1877) zuerst seine frühere Darlegung zu recapituliren, und dann zu zeigen, wie seine Formel mit Nothwendigkeit aus einem von Clausius erwiesenen Grundgesetze sich ergebe, wobei wiederum die Rechnung durch Anwendung der geometrischen Analyse erheblich abgekürzt wurde. Mit vollkommener Klarheit erkannte Grassmann auch die schwachen Seiten der Polemik Zöllner's gegen die Theorie von Clausius, ohne sich jedoch öffentlich darüber zu äussern.

Angeregt durch die bahnbrechende Arbeit von R. Willis „Ueber Vocaltöne und Zungenpfeifen" (Poggendorff's Annalen, XXIV, 397) war Grassmann schon seit 1832 unausgesetzt bemüht gewesen, die Theorie der Sprachlaute auszubilden und zu begründen. Sein durch beständige Uebung zu einer ausserordentlichen Feinheit ausgebildetes Gehör kam ihm dabei vorzüglich zu statten, und so gelangte er zunächst zu einer vollständigen Theorie der Vocaltöne, deren Hauptgesetz er in einer (für den Unterricht geschriebenen) Programmabhandlung des stettiner Gymnasiums (1854): „Uebersicht der Akustik und der niedern Optik", niederlegte. Hierin erklärte er (S. 14) die Entstehung der Vocale durch das Mitklingen harmonischer Obertöne in der Mundhöhle, genau in derselben Weise, wie es später (1859) durch Helmholtz geschah, der als der Erfinder dieser Theorie angesehen wird. Grassmann theilte Anfang 1855 die Resultate seiner Untersuchungen Möbius mit, der sich lebhaft dafür interessirte, und mit E. H. Weber, der sich ebenfalls viel und angelegentlich mit diesem Gegenstande beschäftigt hatte, dieselben besprach.* Weber nannte

---

* Bei dieser Gelegenheit theilte Möbius Grassmann eine eigene mathematisch-akustische Arbeit mit, in welcher er die Verhältnisszahlen der chromatischen Tonleiter durch die Forderung zu bestimmen sucht, dass zu jedem Tone Quint und Terz auf- und abdas oben erwähnte Grundgesetz Grassmann's ingeniös; indessen gelang es weder ihm noch Möbius, die Versuche Grassmann's sämmtlich mit Erfolg zu wiederholen und alle die Nebentöne wahrzunehmen, welche jener beobachtet hatte. In Anbetracht der grossen Schwierigkeit, welche sich einem minder geübten Ohre bei der Wiederholung dieser Versuche entgegenstellen, beschäftigte sich Grassmann schon damals mit dem Gedanken, ein Instrument nach Art einer Physharmonica herzustellen, vermittels dessen man Vocaltöne hervorbringen könnte. Doch führten die Besprechungen, welche Möbius in dieser Sache mit dem Mechaniker Stöhrer hatte, zu keinem Resultat; wie es scheint, weil es nicht möglich war, so dünne Lamellen herzustellen, wie die Schwäche der Nebentöne sie verlangte. Auch die weitern Mittheilungen Grassmann's in dieser Sache fanden, bis auf gewisse Nebentöne, die weder Möbius noch Weber wahrnehmen konnten, den Beifall des letztern. Im übrigen blieb Grassmann's Entdeckung ebenso unbekannt wie sein elektrodynamisches Gesetz, und es ist, wenn man das Schicksal des letztern bedenkt, sehr wahrscheinlich, dass sie ebenso unbeachtet geblieben wäre, wenn Grassmann sie in Poggendorff's Annalen veröffentlicht hätte, statt an einer verborgenen Stelle eines unscheinbaren Schulprogramms. Im Jahre 1877 hatte Grassmann seine Untersuchungen durch die Aufstellung einer Theorie der Consonantenbildung ergänzt und veröffentlichte dieselbe unter dem Titel „Ueber die physikalische Natur der Sprachlaute" in Bd. 1 der Wiedemann'schen Annalen (S. 606—629). Er zeigt darin unter anderm, dass trotz

---

wärts sich vorfinden, sodass die ganze Tonleiter mittels der Zahlen 2, 3, 5 construirt wurde. Die Möbius'schen Zahlen stimmen fast durchweg mit den von mir auf ganz anderm Wege gefundenen (Schlömilch's Zeitschrift, XVIII, 203) überein.

jener oben hervorgehobenen Uebereinstimmung die Grundlage der Helmholtz'schen Theorie fehlerhaft sei, und dass namentlich auch die von jenem angewendeten Resonatoren ein im allgemeinen unzuverlässiges Hülfsmittel bildeten. Im Jahre 1853 hatte Grassmann in einem Aufsatze (Poggendorff's Annalen, LXXXIX, 69) die Newton'sche Theorie der Farbenmischung gegen Helmholtz in Schutz genommen und mittels der geometrischen Analyse begründet. Er schrieb darin jedem Farbeneindruck drei gewissermassen als Coordinaten geltende Bestimmungen zu, nämlich Farbenton, Intensität der Farbe und Intensität des beigemischten Weiss (Sättigung). Im Jahre 1876 war Grassmann aufs neue veranlasst worden, diesen Gegenstand in Erwägung zu ziehen. Professor Preyer in Jena hatte nämlich eine neue Theorie der Empfindungen aufgestellt und die Ableitung seiner Resultate auf die Principien der Ausdehnungslehre gegründet. Diese an sich höchst interessante Anwendung der letztern war um so wichtiger, weil hier zum ersten male nicht räumliche Gegenstände mittels der Methoden Grassmann's behandelt wurden, wodurch deren ausserordentliche Abstractheit und umfassende Anwendungsfähigkeit so recht ins Licht trat. Diese Arbeit, welche im ganzen wie im einzelnen Grassmann's lebhafte und freudige Anerkennung fand, hatte einen regen Verkehr zwischen ihm und Preyer zur Folge, wobei nur ein einziger Differenzpunkt bestehen blieb, indem Preyer die Farbenempfindung nur aus zwei Urvariablen, Intensität und Ton der Farbe zusammensetzt und zu zeigen sucht, dass die dritte (Sättigung) durch die beiden ersten mitgegeben sei. Grassmann arbeitete bei dieser Gelegenheit ein ausführliches, die Theorie der Farbenempfindungen behandelndes Exposé aus, welches seine frühere Abhandlung erläuterte. Diese Arbeit wurde von Preyer seinen 1877 veröffentlichten und Grassmann dedicirten „Elementen der reinen Empfindungslehre"* im Anhange beigegeben. Wenn einerseits die rückhaltslose Anerkennung, welche Preyer den Methoden der Ausdehnungslehre zollte, und die interessanten Anwendungen, welche er von denselben machte, eine neue Bürgschaft dafür waren, dass diese Methoden sich nun endlich doch Bahn brachen, so zeitigte dieses Interesse Preyer's noch eine andere schöne Frucht. Wiederholt hatte er Grassmann aufgefordert, eine neue Ausgabe seiner „Ausdehnungslehre von 1844" zu veranstalten. Das Interesse an derselben in den Kreisen der gelehrten Welt sei im Wachsen, aber man kenne das Buch nicht, weil es sehr selten sei. Anfangs lehnte Grassmann diese Aufforderung ab; noch, meinte er, sei die Zeit dazu nicht gekommen; aber endlich, im Sommer 1877, entschloss er sich zu Schritten in dieser Richtung, welche auch von Erfolg begleitet waren, und so ist neuerdings dank der Initiative Preyer's die „Ausdehnungslehre von 1844" unverändert, nur mit einer Reihe neuer Anmerkungen und einem Nachtrag über das Verhältniss der nicht-euklidischen Geometrie zur Ausdehnungslehre wieder auf dem Büchermarkte erschienen. Diese Auferstehung, welche sein Hauptwerk feierte, war die letzte grosse Freude seines Lebens, eine Freude, wie ihm das Schicksal keine schönere bereiten konnte. In rascher Aufeinanderfolge schrieb er dann noch im Frühjahr 1877 zwei Arbeiten für die „Mathematischen Annalen", von denen die erste: „Die Mechanik nach den Principien der Ausdehnungslehre", noch vor seinem Tode, die andere: „Der Ort der Hamilton'schen Quaternionen in der Ausdehnungslehre", kurz nachher erschien. Es war von je ein Lieblingsgedanke Grassmann's gewesen, die Mechanik, an deren Hand er die Gesetze der Aus-

---

* Diese Abhandlung bildet Heft 10 der von Preyer herausgegebenen „Sammlung physiologischer Abhandlungen" (Jena, Dufft).

dehnungslehre gefunden hatte, und deren einfache Begriffe mit den Operationsbegriffen derselben in der allernächsten Beziehung stehen, in neuer, einfacher Methode aufzubauen; aber nicht früher fand er Zeit und Gelegenheit dazu. Aus den neuesten Lehrbüchern der Mechanik ersah er, dass noch heute, nach 37 Jahren, diese Methode ebenso neu und zeitgemäss sei wie damals; daher unternahm er nun die Arbeit, deren erster Theil wenigstens vollendet wurde. In demselben gab er auch ein Résumé seiner früher erwähnten Prüfungsarbeit über die Theorie der Ebbe und Flut. Ein zweiter Aufsatz sollte die in dem ersten noch nicht berührten Probleme der Mechanik durch neue Methoden lösen. In der Arbeit über die Quaternionen zeigte er in der Hauptsache, wie diese Ausdrücke aus einer der 16 Multiplicationen hervorgehen, die in der oben erwähnten Abhandlung „Sur les différents genres de multiplication" dargestellt sind. Beide Arbeiten enthielten wieder eine Fülle neuer Ideen und interessanter Anregungen. Eine dritte für das Borchard'sche Journal geschriebene Abhandlung: „Theorie der Polaren", befindet sich im Druck.

Während Grassmann in dieser Weise noch im letzten Jahre seines Lebens auf physikalischem und mathematischem Gebiet eine reiche Productivität entfaltete, mehrte sich auch die Zahl der Autoritäten, welche theils ihren Beifall und ihre Bewunderung für seine mathematischen Leistungen aussprachen, theils durch Benutzung seiner Methoden ihre Anerkennung bewiesen. Es sind ausser den oben Genannten in dieser Hinsicht unter andern zu nennen die Herren Burmester in Dresden, Clare in Newhaven (Connecticut, Vereinigte Staaten), Cremona in Rom, Reye in Strassburg. Auch der Druck der Rig-Veda-Uebersetzung ward noch im Sommer 1877 beendet, und Grassmann hatte die Freude, das stattliche Werk vollendet vor sich zu sehen.

Aber während so von allen Seiten Anerkennung und

Erfolg zeigten, dass der Stern seines Ruhmes im Aufgehen sei, um unwiderstehlich fortschreitend seine Bahn zu verfolgen, neigten sich seine Tage sichtlich ihrem Ende zu. Es war zu seinem Leiden noch die Wassersucht getreten, deren Fortschritt ihn allmählich in immer engere Banden fesselte. Aber er harrte treu aus in dem Amte, in welchem ihn ein ungünstiges Schicksal festgehalten hatte. Als er nicht mehr fähig war, die Treppen zu steigen, und sich auf die zu ebener Erde gelegenen Zimmer seiner Amtswohnung beschränken musste, richtete man ihm das ebenso gelegene physikalische Zimmer des Gymnasiums als Lehrzimmer ein; dorthin liess er sich später im Rollstuhl fahren, und gab seine Lehrstunden, bis die Abnahme seiner Kräfte ihm diese Thätigkeit unmöglich machte. In Frieden mit seinem Gott entschlief er sanft in der Mitte der Seinen am frühen Morgen des 26. September 1877. Sein jüngster Sohn Konrad im Alter von zehn Jahren war ihm nur vier Monate früher vorausgegangen.

Es ist bisher nur von den wissenschaftlichen Arbeiten Grassmann's die Rede gewesen. Eine den weitern Kreisen seiner Vaterstadt gewidmete öffentliche Thätigkeit hat er, abgesehen von der politischen Episode Ende der vierziger Jahre, nicht entfaltet. Doch hing er stets mit grösster Liebe an dieser Stadt und zeigte für ihr Wohl, wenn auch nicht öffentlich, das lebhafteste Interesse. Ihre Umgebungen hat er, wie wol nur wenige Mitbürger, durchwandert und aufs genaueste kennen gelernt; und gern machte er auf die landschaftlichen Schönheiten derselben aufmerksam. Dafür umgab ihn aber auch ein zahlreicher Kreis von Freunden, die ihn hochschätzten und verehrten, und es ihn, obwol er wenig in Gesellschaften ging, vergessen liessen, dass er mit seinen wissenschaftlichen Bestrebungen nicht nur in seiner Vaterstadt, sondern überall vereinsamt dastand. In erster Linie muss hier der Loge gedacht werden, durch welche er eine grosse Zahl gleichgesinnter Freunde kennen gelernt hatte, in deren Mitte er sich stets am wohlsten fühlte. Schon von seinem Vater her, der lange Zeit als Meister vom Stuhl in der Loge thätig gewesen war, hatte sich Hochachtung und Freundschaft auf ihn vererbt, sodass er nicht lange nach seinem Eintritt Redner wurde und es auch bis an sein Ende blieb, obwol ihm in den letzten Jahren bei seiner angegriffenen Gesundheit dieses Amt manche Mühe und Anstrengung verursachte. Als er nirgends mehr Gesellschaften besuchte, nahm er doch noch seine Kräfte zusammen, um dort seine alten Freunde aufzusuchen, und kehrte stets besonders glücklich und zufrieden zurück. Für wissenschaftlichen Verkehr sorgte sein Verhältniss zur Physikalischen Gesellschaft und seine sprachwissenschaftlichen und theologischen Interessen, die ihn mit einer Reihe seiner Mitbürger nicht nur zur Discussion, sondern auch zu gemeinsamer Arbeit vereinigten. Endlich führte ihn sein Beruf, wiewol derselbe seinen eigentlichen Wünschen fern stand, zu einem persönlichen Verhältniss zu seinen Schülern, auf welches er stets den grössten Werth legte, und welches ihm diesen Beruf lieb und werth machte. Es wurde oben schon bemerkt, dass er durch Leitung ihres Gesangvereins den Schülern näher trat, als es der Unterricht in Mathematik und Physik ermöglichte. Dieses Zweckes wegen war es auch längere Zeit hindurch sein Wunsch, den Religionsunterricht in Prima zu erhalten. Wenn er, wie es in den letzten Jahren gelegentlich vorkam, durch Krankheit zur Unterbrechung seiner Schulthätigkeit genöthigt wurde, so sehnte er sich stets zu seinen Schülern zurück, und die Anregung, die der Verkehr mit ihnen ihm gewährte, trug wesentlich dazu bei, ihm seine geistige Frische zu erhalten. Andererseits geschah aber auch seitens der Schüler, besonders in den letzten Jahren, alles, um ihm seine Aufgabe zu erleichtern. Ebenso ist, im Gegensatze zu den oben gemachten

Bemerkungen, hervorzuheben, dass wenigstens in den letzten Jahren von Amts wegen Grassmann jede mögliche Erleichterung seines Berufes zutheil wurde, wofür in erster Linie dem nun ebenfalls verstorbenen Director Heydemann der Dank gebührt. Seit 1857 war Grassmann Mitglied des Vorstandes des Chinesischen Missionsvereins, dann Secretär und später Vorsitzender. In dieser Eigenschaft lieferte er verschiedene Missionsberichte und Beiträge zur „Allgemeinen Missionszeitschrift". Die religiösen Bewegungen der Gegenwart verfolgte er mit stetem Interesse, für welches auch eine noch kurz vor seinem Tode verfasste Schrift „Ueber den Abfall vom Glauben"* Zeugniss ablegt.

Mannichfache Erholung von den Mühen des Amtes und den Anstrengungen seiner wissenschaftlichen Thätigkeit gewährten ihm stets die Freuden eines glücklichen und gesegneten Familienlebens. Das belebende Element des Hauses war die Musik, und auch hier zeigte sich sein Talent in schöpferischer Weise. Er sammelte in den Jahren 1861—72 zahlreiche, namentlich pommersche Volkslieder, schrieb die Melodien nach dem Gehör auf, und setzte sie zum Singen in der Familie dreistimmig. (Vier derselben sind im „Festgruss an Ludwig Erk", Heilbronn 1876, veröffentlicht.)

Ausser den hohen Gaben des Geistes besass Hermann Grassmann die schönsten Tugenden des Herzens. Ihn zierte jene wahre Frömmigkeit, die aus innerer, durch stete Arbeit an sich selbst gewonnener Ueberzeugung hervorgeht, die niemals der Aussenwelt prunkend oder anmassend sich aufdrängte, die aber doch den Kern seines Wesens bildete. Sie zeigte sich in seiner persönlichen Liebenswürdigkeit, in der Herzensgüte und Reinheit seines Charakters, in seinem im besten Sinne des Wortes kindlichen Gemüth, welches ihm jedes Herz

---

* Stettin, Brandner, 1878.

gewinnen musste. So halfen ihm auch die Milde der
Gesinnung, die Ruhe des Gemüthes und die jugendliche Heiterkeit, die ihn auch in spätern Jahren nicht
verliess, über die mannichfachen Enttäuschungen hinweg,
die das Schicksal, und die Widerwärtigkeiten, die sein
Amt ihm mitunter bereitete. Mit seltenem Takte wusste
er sich in die Interessen und Gefühle anderer hinein-
zudenken, und von diesem Standpunkt aus war er
ängstlich bemüht, alles zu vermeiden, was jemand
kränken oder auch nur verstimmen konnte, selbst da,
wo man ihm offenbar und wissentlich unrecht gethan
hatte. Die wiederholten Prioritätsreclamationen, zu
denen er sich genöthigt sah, tragen alle ein so objec-
tives Gepräge, als ob er nicht für sich, sondern für einen
Dritten plaidire; ja er begnügte sich überhaupt mit der
Feststellung des Thatbestandes, und war weit entfernt,
eine Spur von Misvergnügen durchblicken zu lassen.
Ebenso vermied er sorgfältig den Schein, als wolle er
sein Wissen jemand aufdrängen, und zwar nicht nur
dann, wenn er denselben für besser orientirt hielt als
sich selbst.

Ja, er war, wie es in dem Nachruf heisst, den die
Physikalische Gesellschaft in Stettin ihm widmete, „er
war ein Sohn dieser Stadt, wie sie besser und grösser
wol keinen gesehen hat... Er hat Unvergängliches und
Ruhmwürdiges auf zwei Gebieten geleistet... Seiner wissenschaftlichen Grösse stand gleich die Reinheit und
Güte seines Charakters, dessen Grundzüge festhaltende
Treue und edle Bescheidenheit waren". Aber, so fragen
wir, wie ist ihm diese Treue und Bescheidenheit während
des grössten Theils seiner Laufbahn gelohnt worden?
Wie sind seine unvergänglichen und ruhmwürdigen Leistungen anerkannt worden? Die vorstehende Darstellung
gibt Antwort auf diese Fragen. Und wir fragen weiter:
Wenn Grassmann solche Arbeiten unter dem Drucke eines
seine beste Arbeitskraft in Anspruch nehmenden, ihn

täglich zum A-b-c der Wissenschaft herabziehenden Amtes ausführen konnte, was würde er wol geleistet haben, wenn er den ihm gebührenden Platz erreicht hätte, welchen ihm ein ungünstiges Schicksal, oder, sagen wir es lieber gerade heraus, die Vorurtheile eines gelehrten Zunftwesens und die Beschränktheit einer engherzigen Unterrichtsleitung vorenthielten! Wie anders hätte Grassmann seine Ideen gestalten, ausarbeiten, und mit der Wissenschaft seiner Zeit in Beziehung setzen können, wenn er im Gedankenaustausch mit Fachgenossen und Schülern Gelegenheit gefunden hätte, neue Anregungen zu geben und zu empfangen, statt dass er in einem Wirkungskreise bleiben musste, in dem er als Mann der Wissenschaft ein Fremder war, den keiner verstehen konnte. Thatsache ist, dass eine geniale Kraft allerersten Ranges, durch die Ungunst des Schicksals brach gelegt, nach der ersten schöpferischen That, einer That, die noch Generationen von Mathematikern beschäftigen wird, von dem ergiebigsten Felde ihrer Wirksamkeit abgedrängt wurde, und sich auf ein anderes begab, wo die Lorbern, die sie pflückte, schon für ein Talent erreichbar waren, aber kein Genie wie das des Begründers der Ausdehnungslehre erforderten.

Und doch können wir von Grassmann's Schicksal selbst ohne das Gefühl der Bitterkeit scheiden. Wir, die Zeitgenossen und Ueberlebenden sind es ja nur, welche den Verlust zu betrauern haben. Ihn selbst hat ein gütiges Geschick noch die Morgenröthe eines schönern Tages schauen lassen, eines Tages, an welchem man Hermann Grassmann den ersten Geistern unsers Jahrhunderts beizählen wird. Er selbst hat jene reinste und höchste Freude, welche ein innerlich erfolgreiches geistiges Schaffen unter allen Umständen begleitet, so umfangreich und auf so verschiedenen Gebieten genossen, wie wenige Sterbliche; die Erhabenheit und Schönheit seiner Wissenschaft war es, die ihn jahrzehntelang für den mangelnden äussern Erfolg entschädigen konnte, und die, so oft sich die Gelegenheit bot, ihn immer wieder mit Begeisterung sich ihr zuwenden liess — eine Begeisterung, die bisher noch jeden ergriff, der unbefangen und mit Ernst sich in die Tiefen jener Schöpfungen versenkte.

Wenige wol sind es, die Gelegenheit hatten, Hermann Grassmann als Menschen und als Gelehrten schätzen und würdigen zu lernen; diesen wenigen aber wird sich immer frische Trauer ums Herz legen, so oft sie sein Bild sich vergegenwärtigen, und ihnen allen werden die Worte aus der Seele gesprochen sein, mit denen sein Freund Hasper die Grabrede schloss:

— — „Ach sie haben einen guten Mann begraben, Und mir war er mehr; Träufte mir von Segen, dieser Mann, Wie ein milder Stern aus bessern Welten! Und ich kann's ihm nicht vergelten, Was er mir gethan."

Verzeichniss
der wissenschaftlichen Publicationen von H. Grassmann.

A. Mathematik.

1. Die Wissenschaft der extensiven Grösse oder die Ausdehnungslehre, eine neue mathematische Disciplin, dargestellt und durch Anwendungen erläutert. I. Theil: Die lineale Ausdehnungslehre, ein neuer Zweig der Mathematik, dargestellt und durch Anwendungen auf die übrigen Zweige der Mathematik, wie auch auf die Statik, die Mechanik, die Lehre vom Magnetismus und die Krystallonomie erläutert. (Leipzig, O. Wigand, 1844; zweite Auflage 1878.)
2. Geometrische Analyse geknüpft an die von Leibniz erfundene geometrische Charakteristik. Gekrönte Preisschrift. (Leipzig, Hirzel, 1847.)
3. Lehrbuch der Mathematik für höhere Lehranstalten. I. Theil: Arithmetik. 1861. — II. Theil: Trigonometrie. 1865. (Berlin, Th. C. F. Enslin.)
4. Die Ausdehnungslehre. Vollständig und in strenger Form bearbeitet. (Ebend. 1862.)
5. Abhandlungen in Crelle's Journal.
    1. Theorie der Centralen, 1842, Bd. 24 und 25.
    2. Grundzüge zu einer rein geometrischen Theorie der Curven, mit Anwendung einer rein geometrischen Analyse, 1845, Bd. 31.
    3. Ueber die Erzeugung der Curven dritter Ordnung durch gerade Linien, und über geometrische Definitionen dieser Curven, 1848, Bd. 36.

4. Der allgemeine Satz über die Erzeugung aller algebraischen Curven durch Bewegung gerader Linien, 1851, Bd. 42.
5. Die höhere Projectivität und Perspectivität in der Ebene, dargestellt durch geometrische Analyse, 1851, Bd. 42.
6. Die höhere Projectivität in der Ebene, dargestellt durch Functionsverknüpfungen, 1851, Bd. 42.
7. Erzeugung der Curven vierter Ordnung durch Bewegung gerader Linien, 1852, Bd. 44.
8. Allgemeiner Satz über die lineale Erzeugung aller algebraischen Oberflächen, 1852, Bd. 49.
9. Grundsätze der stereometrischen Multiplication, 1852, Bd. 49.
10. Ueber die verschiedenen Arten der linealen Erzeugung algebraischer Oberflächen, 1852, Bd. 49.
11. Die stereometrische Gleichung zweiten Grades, und die dadurch dargestellten Oberflächen, 1852, Bd. 49.
12. Die stereometrischen Gleichungen dritten Grades, und die dadurch erzeugten Oberflächen, 1852, Bd. 49.
13. Sur les différents genres de multiplication, 1854, Bd. 49.
14. Die lineale Erzeugung von Curven dritter Ordnung, 1856, Bd. 52.
15. Theorie der Polaren (im Druck), 1877.

6. Abhandlungen in den Mathematischen Annalen.
  1. Die neuere Algebra und die Ausdehnungslehre, 1874, Bd. 7.
  2. Die Mechanik nach den Principien der Ausdehnungslehre, 1877, Bd. 12.
  3. Der Ort der Hamilton'schen Quaternionen in der Ausdehnungslehre, 1877, Bd. 12.

7. Abhandlungen in den Nachrichten der Königlichen Gesellschaft der Wissenschaften in Göttingen.
  1. Zur Theorie der Curven dritter Ordnung, 1872.
  2. Ueber zusammengehörige Pole und ihre Darstellung durch Producte, 1872.

8. Abhandlungen in Grunert's Archiv.
   1. Lösung der Gleichung $x^3 + y^3 + z^3 + u^3 = 0$ in ganzen Zahlen, 1868, Bd. 49.
   2. Bildung der rationalen Dreiecke, 1868, Bd. 49.
   3. Angenäherte Construction von π, 1868, Bd. 49.
   4. Elementare Auflösung der allgemeinen Gleichung vierten Grades, 1870, Bd. 51.
9. Grundriss der Mechanik. Programm-Abhandlung des stettiner Gymnasiums, 1867.
10. Ueber das Verhältniss der nichteuklidischen Geometrie zur Ausdehnungslehre. (Im Anhang zur zweiten Auflage der Ausdehnungslehre von 1844.)

B. Physik.

1. Ableitung der Krystallgestalten aus dem allgemeinen Gesetze der Krystallbildung. Programm-Abhandlung der Ottoschule in Stettin, 1839.
2. Neue Theorie der Elektrodynamik, 1845 (Poggendorff's Annalen, Bd. 64).
3. Uebersicht der Akustik und niedern Optik. Programm-Abhandlung des stettiner Gymnasiums, 1854.
4. Zur Theorie der Farbenmischung, 1853 (Poggendorff's Annalen, Bd. 89).
5. Zur Elektrodynamik, 1877 (Crelle's Journal, Bd. 83).
6. Ueber die physikalische Natur der Sprachlaute, 1877 (Wiedemann's Annalen der Physik und Chemie. Neue Folge, Bd. 1).
7. Bemerkungen zur Theorie der Farbenempfindungen. (Im Anhange zu Preyer's Elementen der reinen Empfindungslehre [Jena, Dufft, 1877].)

C. Sprachwissenschaft.

1. Die Lehre vom Satze. (Stettin 1831.)
2. Grundriss der deutschen Sprache. (Stettin 1842.)
3. Leitfaden für den ersten Unterricht in der deutschen Sprache. (Stettin 1842; zusammen mit R. Grassmann.)

4. Leitfaden der deutschen Sprache (zusammen mit R. Grassmann). (Stettin 1848; zweite Auflage 1852.)
5. Deutsches Lesebuch für Schüler von acht bis zwölf Jahren (zusammen mit W. Langbein). (1.—4. Auflage, Stettin, R. Grassmann, 1848—57; 5. und 6. Auflage, Berlin, Th. C. F. Enslin, 1861—68.)
6. Leitfaden für den ersten Unterricht in der lateinischen Sprache. (Stettin 1843; zweite Auflage 1846.)
7. Deutsche Pflanzennamen. (Stettin, R. Grassmann, 1870.)
8. Wörterbuch zum Rig-Veda. (Leipzig, F. A. Brockhaus, 1872—75.)
9. Rig-Veda. Uebersetzt und mit kritischen und erläuternden Anmerkungen versehen. (2 Bde., ebend. 1876—77.)
10. Abhandlungen in Kuhn's Zeitschrift für vergleichende Sprachwissenschaft.
   1. Ueber die Verbindung der stummen Consonanten mit folgendem v und die davon abhängigen Erscheinungen, 1860, Bd. 9.
   2. Ueber die Verbindung der Consonanten mit folgendem j und die davon abhängigen Erscheinungen, 1862, Bd. 11.
   3. Ueber die Aspiraten und ihr gleichzeitiges Vorhandensein im An- und Auslaute der Wurzeln. — Ueber das ursprüngliche Vorhandensein von Wurzeln, deren Umlaut und Auslaut eine Aspirata enthielt, 1863, Bd. 12.
   4. Ueber die Casusbildung im Indogermanischen, 1863, Bd. 12.
   5. Ueber italienische Götternamen, 1867, Bd. 16.
   6. Ueber Präpositionen, 1877, Bd. 23.